「志乃さんが作ってくれたんですか？　ひとりで？」
　重たい鞄を放り投げ中腰になってテーブルを見つめながら、感激を隠せないまま問うた。

やさしい龍《りゅう》は歌《うた》を知《し》る

真《ま》式《しき》マキ
ILLUSTRATION：れの子《こ》

やさしい龍は歌を知る

LYNX ROMANCE

CONTENTS

やさしい龍は歌を知る

志乃川《しのがわ》渓流で水にのまれたのは、十数年前、まだ小学生のころだった。

溺れもがく苦しさからパニックに陥っていたため、記憶は曖昧《あいまい》かつ断片的ではあるものの、当時覚えた恐怖は心に刻まれている。

息ができない。上も下もわからない。

自分は、このまま死んでしまうのだろうか。

不思議な光景を目にしたのは、水を飲み腕も脚も動かなくなり、意識が途切れる寸前にそう思ったときだった。助けてくれと神に祈るしかできない極限状態だったから、それが現実だったのか幻だったのかは、いまになっても定かでない。

陽《ひ》の光を跳ね返しきらときらきらめく、鱗《うろこ》のようなもの。それから、二股に分かれた角のようなもの。

水の中で見たそれらは美しく、また逞《たくま》しく感じられた。だから正体も知れぬまま、最後の力を振り絞って手を伸ばした。

のちに振り返れば幻聴だったのかもしれないが、耳に届いたというよりは頭の中に直接響くような声を聞いたように思う。

——おまえの声は、快い。

◆◆

この場所を訪れるのは何年ぶりだろう。宮神山《みやかみやま》の中腹に車を停《と》めそこから歩いて三十分ほど、途中からは木段も消え、足もとはかなり危なっかしくなる。亡き父親が愛した志乃川渓流の一地点は、その先にあった。

十月終盤の山は麓《ふもと》から見あげても、中に足を踏み入れても美しい秋の様相を呈していた。常緑樹のあいだに赤や黄に色づいた木が散見され、鮮やかなコントラストをなしている。

時々つまずきながらも歩を進めようやく辿《たど》りついた、志乃川渓流の川辺からの眺めも見事なものだった。晴天の下、まわりを囲む木々の葉が昼の陽に照らされて、眩《まぶ》しく輝いている。この紅葉が見られる時期もほどなく終わるのかと思うと、目の前に広がる光景が余計に尊く感じられた。

川辺はいくらか開けているため山中でも見晴らしがよく、足もとにはやわらかい草が生えている。野鳥観察を趣味にしていた父親にとって、ここは打ってつけの場所だったのだろう。水の流れる音を聞きながら川原を歩くひととときは心地よいもので、鳥を見るためのみならず、忙《せわ》しない日々の気分転換にもちょうどよい。

険しい山道を通らねばならないせいか、観光客や釣り人に出会うことはほとんどなく、彼はその点も気に入っていたのではないか。大人の秘密基地みたいなものだ。

もう十年以上も前、まだ小さかった智基《ともき》を連れて、父親はたびたびこの川辺を訪れていた。いま思えば、たまの休暇に豊かな自然の中で息子とともにすごすことが、彼なりの子育ての一環でもあったのかもしれない。

——智基、志乃川へ行こう。

父親からそう提案されるたびにはしゃいでいたことを覚えている。幼いころに母親を亡くし、多忙な父親とふたりで暮らしていた智基にとって、彼とともに宮神山を登るというのは胸弾む大冒険だったのだ。

双眼鏡を手に川原を歩く父親の後ろ姿を眺めながら、綺麗《きれい》な小石を拾ったり木の実を集めたりと、子どもにしか楽しめない遊びを満喫した。都会で見るより速い川の流れも青い空も、父親とふたりきりでのんびりすごす時間も、すべてが宝物だった。楽しかった。

「ひさしぶりだなあ」

ほかにひとのいない解放感から声に出し、そこでふっとさみしさに襲われた。数か月前に事故に遭《あ》い、突然この世を去った父親の顔が蘇る。口にした通りひさしぶりに訪れた父親の秘密基地には、いま、その父親がいない。

最後にここへ来たのは、智基が小学生低学年のころだ。父親と智基は以来、宮神山を登ることはなかった。

　理由はわかっている。目の前を流れるこの川で、ふたりそろって溺れたからだ。

ゆっくりと歩く父親の後ろで、歌を口ずさみながら木の実を拾い集めていたときに、とびきり美しい石を見つけた。角のない綺麗な球状で、ほかにはあまりない深い藍色をしており、子どもだった智基の目を奪うに充分な存在感を放っていたのだ。

　一歩川に足を入れれば手が届きそうな場所に転がっている、その石がどうしても欲しくなって、おそるおそる水の中に踏み込んだ。そこで、思っていた以上に速い水流に身体を引っぱられた。

　無意識にも悲鳴を上げていたのだろう。弾かれたように振り向いた父親の、目を見開いた表情は鮮明に脳裏に刻まれている。

　そこからの記憶は曖昧で、また途切れ途切れではあったが、悪夢のごときその断片は意識の中にこびりついていた。

　見た目から想像していたより川はずっと深く、足が底に触れることはなかった。水を飲みながらも懸命にもがき、駆け寄ってきた父親が伸ばした手に必死にしがみついたものの、彼もまた激しい水流に足を取られ息子同様川にのみ込まれた。

　なすすべもなく水に揉《も》まれつつ、子どもながらにはじめて迫り来る死というものの恐怖と絶望を知った。

　溺れる苦しさの中で、不思議な光景を目にしたのを覚えている。しかしそのときにはすでに、それが夢かうつつかなどと考えられる精神状態にはなかった。あとのことはいっさい記憶にないから、意識を失ったのだと思う。

そして、次に目を開けたときには、全身ずぶ濡れで川辺に横たわっていた。

咳《せ》き込みながら身を起こし慌ててまわりを見回すと、少し離れた場所に父親が倒れていた。その力ない姿を目にしたときに湧きあがってきた恐ろしさは忘れられない。

——父さん、父さん！

がくがくと震える足をなんとか動かして歩み寄り、掠《かす》れた声で何度も呼びかけた。まだ子どもだった智基にはこうした状況でなにをすればいいのかがわからず、ただ必死になって肩を揺さぶっていたら、しばらくののちに父親は目を開けた。

あのとき、どうして自分たちが助かったのか、いまになってもわからない。父親に訊《き》いても首をひねるだけで、智基同様理解していないようだった。溺れもがいているうちにふたりとも川辺へ打ちあげられていたとしか考えられないが、だとしたら奇跡的だ。

自然がはらむ危険を軽視し、安易に川へ足を踏み入れた自分を、心の中で強く叱《しか》った。そんな智基以上に、息子から目を離したことに対し父親はひどく反省している様子だった。帰路に寄った病院で、息子を責めるでもなく謝った父親に、同じようにごめんなさいと告げて泣きじゃくったのを記憶している。

あの事故を境に、父親が志乃川渓流を訪れることはなくなった。もう二度とあんな経験はしたくない、といった心境だったのだと思う。

いまでも、川の速い流れに身を揉まれる恐怖と呼吸もままならない苦しさの中で、ほかにはなにもできず、ただ懸命に祈ったことを覚えている。

――神様。なんでもするから、助けてくれ。

「なんでもするから助けてくれ、か。あのときは助かったけど、奇跡は二度も起きないんだな。父さんも運が悪いよ」

陽の光をきらきらと跳ね返す眩しい川を眺めながら、ぽつりと零《こぼ》した。どうせ誰も聞いていないのだ、たまには弱音のひとつくらい吐いてもいいだろう。

ここしばらく、恋人と別れたり父親が亡くなったりと、さみしさのつきまとう出来事が続いていた。前者は、学業に専念しようと互いに納得づくで距離を置いたので消化もできるが、父親の死は唐突だっただけに、まだうまく感情を処理し切れていない。

父親は高名な声楽家だった。その方面に通じていれば、望月智宏《もちづきともひろ》の名を知らぬものはいまい。日本《にほん》のみならず世界を飛び回っていた、自慢の父親だ。

そんな父親の影響で、智基も声楽家を目指している。専門的に歌を学べる音楽大学に入りいまは二年生、声楽家の卵として現在も努力を重ねている最中だ。

しかし、子どものころから手本としてきた尊敬する父親が、突然いなくなってしまった。傷心も忘れるような慌ただしい数か月を経たいま、ふとした瞬間にその事実を思い起こしては、どうにもしんみりしてしまう。

　ひさしぶりに宮神山に登ろうと思い立ったのは、それを紛らわせるためにだ。

「いまのおれの歌、父さんが聴いたらなんて言うんだろうね」

　再度呟《つぶや》いてから、ゆっくりと息を吸い、そっと旋律を唇に乗せた。空の上まで届きますように。聞こえるわけはないと知りつつも、父親の顔を思い浮かべ心を込めて音を紡ぐ。

　歌ったのは、父親が息子のために作った大切な一曲だ。自分も歌いたいと訴えた幼いころ、ならば智基に似合う曲を考えようと言い、嬉《うれ》しそうに笑った父親から贈られた。

　この曲を歌えるのは自分だけなのだ、そう思うと背筋が伸びるような誇らしさが湧いてくる。同時に、自分にとって誰より偉大な存在が失われてしまったことを改めて実感し、切なくなった。

　そんな智基の歌に合わせるように、優しい風が吹いてきて川原の草を揺らした。可愛《かわい》らしい小鳥のさえずりも聞こえてくる。錯覚ではあるのだろうが、まるで一緒に歌ってくれているようだと思い、幾ばくかさみしさが遠のいた。

　草木を通り抜けるそよ風が、可憐《かれん》に歌う鳥がともにいてくれる。もっとずっと小さな時分からこうした心持ちになり、嬉しくなることがしばしばあった。

　そういえばここで溺れたあの日も、川にのまれる直前まで風や小鳥とともにこの曲を口ずさんでいたっけ。当時を思い出しながら歌を音にしていると、不意に、不思議な声が聞こえてきた。

『あのときの人間か』

耳に届いた、というより頭の中に直接響いてくるような感覚だった。途端に、畏《おそ》れにも似た知らない寒気に襲われて、ざっと肌が粟立《あわだ》つ。

これは誰の、いや、なんの声だ？　混乱から思わず歌を途切れさせた次の瞬間に水面《みなも》が割れ、目の前に信じられないものが立ちあらわれた。

陽の光を受けてきらめく鱗。白銀のたてがみ。二股に分かれた角と長く尖《とが》った爪。鋭い牙を持つ口に、吸い込まれてしまいそうな緑色の瞳。その姿は肌が冷えるほどに恐ろしく、かつ、美しいものだった。

龍《りゅう》だ。

「え……？」

川の中から突如姿を現したそれを、ほかの単語で言い表すことはできなかった。動揺のあまり唇から微《かす》かな声が洩《も》れたが、それ以上は喋《しゃべ》れない。

いま自分は、龍と対峙《たいじ》している。

龍なんてものがまさか現実に、目の前に現れるなんて、考えたこともなかった。映画とか小説とか、そういったものに登場する架空の存在であるはずだ。

しかしいま、川の中で頭をもたげこちらを睥睨《へいげい》しているのは確かに、胴回りがひとよりも太い大きな龍だ。幻でも夢を見ているのでもないと認めざるをえない、堂々とした存在感を放っている。

気づいたら川原に座り込んでいた。こんな状況で腰を抜かさないほうがおかしかろう。

ひとけのない山深くで、驚愕《きょうがく》と恐怖に息を詰め意味のある言葉も発せないでいる智基を、龍は長いあいだじっと見つめていた。動く気配もない。

　そののち彼は、低く、ゆっくりとした口調で語りかけてきた。

『いまの音はなんだ』

　畏怖の念を抱かずにはいられない、厳かな声だった。答えない、答えられないでは許されない。驚きと怖《お》じ気《け》の中ではっきりとそう感じて、なんとか口を開く。

「……歌、です。おれは歌を、うたってました」

　智基の途切れがちな返事を聞き、龍はまたいっとき沈黙した。それから、真《ま》っ直《す》ぐに智基を見つめたまま、先より僅かばかりやわらかな調子でこう告げた。

『おまえの歌は、快い』

　頭の中に声が流れ込んでくる感覚と、そのセリフを知っているような、と気づいたのは、川原に尻をついてからしばらくたったあとだった。子どものころ、川にのまれ水を飲みながら目にした、夢か現実かも知れない光景が蘇る。

　意識が途切れる寸前の視界に入った、きらきらと光る鱗、二股の角。それから、頭の中に直接響く声。

　——おまえの声は、快い。

　いま目の前にいるのは、極限状態で見た幻影、幻聴だろうと思っていたそれらの持ち主である、龍なのか？

快い。龍が発したひと言を反芻《はんすう》し、もしかしたら褒められているのかと考えられるようになるまでに、またしばらくの時間を要した。目前にいる龍は危害を加えるつもりはないらしく、ただじっと智基を見ている。

厳然たる風貌に恐れおののいていたが、どうやらいきなり食われることはなさそうだ。何度か大きく呼吸し気持ちを落ち着かせ、それでも掠れる声で今度は智基から訊《たず》ねた。

「……あなたは、……何者ですか」

おそるおそる発した問いに、龍はこれといって気分を害した様子は見せなかった。水面から覗《のぞ》く長い尾を揺らめかせ、飄々《ひょうひょう》とした口調で答える。

『この川の神だ』

「……この川の、神？」

思わず龍の返答をそのままくり返してしまった。彼はつまり、おのれは志乃川の神様だと主張しているのか？

ひと目でひとならざるものであることはわかっても、神だと言われたところでにわかには信じられない。ときとして神様、神様と祈りはすれど、そんなものが実在しているなんて考えたこともなかった。

次になにを言えばいいのか思いつかず黙ったまま龍を見ていると、彼は再度尾を揺らせてこう加えた。

『私はこの地に住まい、志乃川を司《つかさど》っている。そうした存在をはじめに神と呼んだのは、おまえたち人間ではなかったか』

その龍の言い分は、少しはわかる気がした。宗教に詳しくはなくとも、神という概念を生み出したのは彼の言う通り人間だ、ということくらいは理解できる。

とはいえ依然として状況はのみ込めない。少し迷ってから、湧いた疑問をそのまま、またそろそろと声にした。

「……神様って、その……なんというか、概念、でしょう？　実際に存在、するなんて」

『おまえがどのような考えを持っていようと、私は実際に、もう何千年も前からここに存在している。いつからか神として畏れられるようになったのも事実だ。信じる、信じないはおまえの好きにすればよい』

抑揚もなくそんなふうに言われても、すぐには返事ができなかった。彼の説明を信じられるような信じられないような、相反する思いが頭の中でぶつかって覚えた混乱を、うまく言語化できない。

龍はその智基をじっと見つめて続けた。

『長い年月を生きているため、細かな記憶は日々薄れていく。しかし、十数年前にもこの場でおまえの歌を聴いたことは、いまも覚えている』

「あ……！」

龍が告げた言葉に、つい大きな声を発してしまった。彼が言及しているのは、この川で溺れた日のことに違いない。

水にのまれるなんて想像もせず、あのときも同じ歌を口ずさんでいた。父親から曲を贈られたことが嬉しくて、教えてもらったばかりの旋律を家の中でも車中でも、そしてこの川辺でもくり返し唇に乗せていたのだ。

ならばやはり、子どものころに目にした鱗に角、聞いた声は、いま目の前にいる龍のものなのか。

『あの日はもうひとり人間がいたはずだ。ここで溺れていたから私が助けた。なんでもするから助けてくれと、おまえが私に祈ったのだろう』

二の句を継げずにいる智基に構わず、淡々とした調子でそう続けた龍に、思わず息をのんだ。この龍は確かに当時を覚えている。父親とともに溺れたことも神に祈ったことも記憶している。

つまりあのとき見たのは間違いなく、いまここにいる龍だ。それを知ってしまえばもう疑えはしなかった。

龍は、彼が言った通りずっとこの場におり、志乃川を司っているのだろう。人間はそうした存在を、畏敬の念を込めて、神と呼ぶ。

いくらかのあいだ目を丸くしたまま龍を見つめたのち、はっと我に返り慌てて立ちあがった。なにはともあれ溺れていたところを助けてくれたのだから、まずは礼を述べるべきだ。

「その。か、神様」

龍をなんと呼べばいいのか一瞬迷いはしたが、ほかには思いつかず頭にあった単語をそのまま口に出した。そうして声にしたことで、いま目の前にいるのは神様なのだ、自分は神様と向かいあっているのだ、という実感がじわじわと強くなる。

「……あのときは、助けてくれて、ありがとうございました。溺れるなんて思わずに、軽い気持ちで川に入ったこと、いまも反省して、います」

　おのれの置かれている状況をようやくのみ込めてきたため、たどたどしい口調になったし声は少し震えた。龍の姿をしている神に、改めて畏れと怖じ気を感じる。

　常日頃は意識していなくとも、ひとは超越的存在をいざ前にすると、自然と畏怖を覚えるものらしい。実際にそうした場面に立ち、はじめてそれを肌で知った。

　龍はそんな智基になにを感じたのか、少しの間を置いたのちに、こう問うてきた。

『声が震えている。おまえは、私が怖いのか？』

　ごくりと喉を鳴らしてから正直に頷《うなず》いた。怖い、という感情ばかりではないような気もするが、胸にある恐怖を否定はできない。

　龍は少しのあいだ黙ったあと、静かに川に姿を消した。それに智基がほっとする前に、今度は全裸の男が水面を割って現れ、川辺に足をついた。三十歳ほどの見た目だろうか。

　水の中から出てきたというのに、不思議なことに彼は少しも濡れてはいなかった。目を引く端整な顔立ち、しなやかな身体つきをしており、長身の部類に属する智基よりもさらに背が高い。腰まで届きそうな長い髪は光を吸い込むような漆黒で、高い位置でひとつに結ばれている。

単純に表現するならば、男はたいそう美しかった。

なにが起こっているのか理解が追いつかずぽかんとしている智基に、彼は真っ直ぐに目を向けた。鋭い眼差《まなざ》しに射貫《いぬ》かれ思わず息をのみ、少しあとに、その瞳が龍と同じ緑色をしていることに気がつく。

「神様……？」

呟くように小声で呼びかけると、それを聞いた男が僅かに目を細めて言った。

「そうだ。本来の姿でいると怖いのだろう？」

「……人間に、なれるんですか」

「私は、動物でも人間でも、望めばどのような生き物の姿にでもなれる。固有のものではあるから、おまえのような灰茶色の髪や瞳にはならないが」

緑の瞳を持つ男の言い分に、納得するしかなかった。なにせいまこの場にいたのは、自分と、川の神である龍だけなのだ。

望めばどんな姿にでもなれるなんて、と驚きはすれど、龍が消えた川から間を置かず現れた男を、ほかの誰かだと考えるほうが難しい。神様にとっては、そんな芸当は朝飯前なのだろうか。

そこで不意に、男が立つすぐ後ろの水面がゆるりと波打つのが見えた。なにかを投げ込んでもいないし強い風が吹いたわけでもないのに、まるで水が意思を持っているかのように小さな渦を描く。

不可思議な現象に智基が目を奪われていると、男は川を振り向かぬままなめらかな動きで右手を上げ、軽く指を鳴らした。

「落ち着け。不安がることはない」

男の発した言葉が川に対するものだと理解したのは、その水面が先ほどまでと同様の穏やかさを取り戻してからだった。何事もなかったかのように静かに流れる川を半ば呆然《ぼうぜん》と見つめながら、湧いた疑問を口に出す。

「……どういう、ことです？」

驚きを隠せない智基に、男は淡々とした口調で告げた。

「主《あるじ》の見慣れぬ姿を見て川が狼狽《ろうばい》したようだ。私がほかの種の形を取ることはめったにない」

「あなたは、川の気持ちがわかったり、言うことを聞かせられたりするんですか？　神様の力……でしょうか」

「統《す》べているのだから志乃川の情動がわかるのは当然だ。加えて私は、川に限らず水を操ることができる。この姿では限界もあるが近い範囲であれば自由に従わせられる。おまえがこれを神の力というのであれば、そうなのだろう」

男の説明を聞き、彼は間違いなく龍の姿をしていた神なのだと実感した。なにせ自分の目で彼が川に命《めい》を下すさまを見たのだから、もはや疑う余地もない。

この男は志乃川の神様だ。

改めて男の姿をまじまじと見つめているうちに、いましがたまでとは異なる動揺がじわじわと湧いてきた。ひとならざるものなのだとしても、こんなに美しい全裸の男を前にしていれば、どうしたって落ち着かなくなる。

「あの。服を、着てくれませんか」

おずおずとお願いすると、男は小さく首を傾げて「なぜ」と言った。智基の動揺に気づいていない、というのではなく、理由が理解できないようだ。

目のやり場に困るから。なぜならあなたがとても美しいから。なんと返事をしたものかとひとしきり考えたあと、結局はひどく曖昧で感覚的な答えを口にした。

「……裸のひとを見てると、なんかそわそわするんで」

「そわそわ？　私がこの姿でいるのは、人間にとっては好ましくない状況だということか？　しかたがない、身なりまで模すのはいささか面倒だが、おまえの頼みであれば聞き入れよう」

男は言葉通り少々面倒そうな表情をしてから、右手を上げて指を鳴らした。瞬間、川面から急に、霧のようなごく細かな水しぶきが吹きつけてきて、思わずぎゅっと目を瞑《つむ》る。

服が湿気《しけ》るほどもない、ほんの一瞬の出来事だった。そして、水しぶきが収まったのちそっと瞼《まぶた》を上げると、その僅かな間に男は着衣姿になっていた。まるで魔法か手品だ。

彼が身につけていたのは、智基とまったく同じ服だった。肉体は固有のものでも衣服はそうでないらしい。

いくらひとけのない渓流に住んでいるとはいえ、ときには誰かしら訪れるだろうし、神様とて人間の姿をまったく知らないということはあるまい。いまの自分みたいな適当な格好ではなく、過去に見た中からもっと洒落《しゃれ》た服を選んで模倣すればいいのに、思い返すのも面倒だったのか。

　こうも優れた容貌をしていながら、神様はおのが見た目に頓着しないらしい。もったいない。きっと自身が美しいことも、それが利用できることも知らないのだろう。

　なんだか世間擦れしていない、ずいぶん純粋なひとと向かいあっているようだ。そんなふうに思ったら、畏怖の念にちょっとした親しみみたいなものが交じり込んだ。

「……言いづらいんですけど。神様、その服はあまり似合ってない気がします。せっかく格好いいんだし、もう少しその、神様にぴったりな格好をしたほうがいいような」

「おまえを手本にした。人間が着ているものなのだから、この姿をしているときの私が身につけても問題はないだろう？」

　男は、智基がひやひやしつつも口に出した提案の意味をまったく理解していないようで、どこか不思議そうな顔をして言った。突然龍が現れたときには驚愕も混乱もしたが、こうして言葉を交わしながら改めて見ると、この神様はときに人間みたいな表情をするのだと気づく。

　畏れを覚えた。怖いと思った。しかし彼は実は、それほど恐ろしい存在ではないのかもしれない。

　そう考えたらふっと、少しばかり緊張が緩んだ。密かに深呼吸をしてから、先にも告げた礼を再度口にする。

「もう一度、言わせてください。溺れていたときに助けてくれて、ありがとうございました」

先刻は龍を前にしておっかなびっくりで、感謝の気持ちをしっかりとは声にできなかった。彼が人間の姿をしていれば大分落ち着いていられるから、今度はちゃんと、心を込めてお礼を言いたい。

「息もできなかったし、どっちが水面なのかもわからなくなって、もう死ぬんだなって思いました。とても怖かったです。でも、あのとき神様が助けてくれたおかげで、おれはいまも生きてます。本当に、ありがとうございました」

伝えたいことを最後まで述べて頭を下げたら、男は淡々と、こんな返事をした。

「普段であれば放っておく。私は人間に関わらない」

「……関わらない、ですか？」

彼の言わんとするところがすぐにはわからず顔を上げて問いかけると、突き放すというのではなくただおのが考えをそのまま声にしている、といった調子で男は答えた。

「人間が不用意に川へ入り溺れたところで、私がわざわざ助ける理由はない。私は川という自然を司る神だ。人間に対しては好意も興味もない」

「なら、なんでおれたちのことを助けてくれたんです？」

「おまえの歌は、快かった。だから助けた。私が人間に自ら関わりを持ったのは、あのときがはじめてだ」

首を傾《かし》げた智基を見つめ、男は、龍の姿であるときにも告げたのと同じ単語を口にした。快い。そう表現されるのは三度目だ。

一度目は子どものころ志乃川で溺れたとき。二度目は、つい先ほど。そしていま。

この神様は自分の歌声を気に入ってくれたのだ、というのはわかった。しかしなぜだろう。どう問うたものかと考えつつ男を見つめ返すと、彼は一度川下の方向に視線を向けてから智基に目を戻して続けた。

「勝手に畏れ、勝手に祈る。それでいながら川を汚し流れを変える。人間は総じて身勝手なのだと思っていた。だが、人間であるおまえの声は快く、私の属する自然となじむ」

「自然となじむ？」

「おまえの歌には、自然が自《おの》ずと持つ尖った面を宥《なだ》める力がある。だから興味を引かれた」

男の言い分は難しく、いまいち理解できなかった。力がある、とはどういう意味だ？　これもまた咄嗟《とっさ》には問えずにいると、彼は智基の声を待たずに言葉を連ねた。

「おまえのようなものがいるのなら、総じて身勝手だというのは私の勘違いなのかもしれない。おまえの歌を聞いて以降、人間とは本来どのような生き物であるのかを考えるようになった」

今度はいくらかわかった。この神様は、簡単にいうならばずっと人間嫌いだったが、いまはその人間に対して興味を抱いているらしい。

おそらく彼は、マイナスに振り切っていた人間への認識を見直そうとしているのだろう。でなければ、ひとについてあれこれと考えることもあるまい。

「じゃあ、あなたが人間を好きになってくれる可能性もありますか？　少なくとも、いまは嫌いなばかりではないんでしょう？」

妙にそわそわしながらも、真っ直ぐに男を見て訊ねた。長いあいだ人間とは関わらずにいた自然を司る神様が、この先ひとに好感を抱いてくれるようになるのなら、もちろん嬉しい。

例外もあるのかもしれないが、嫌われているより好かれているほうがいいというのは、誰が相手であっても持ちうる感覚だと思う。それが神様ならばなおさらだ。

男は智基の問いに僅かばかり困ったような顔をして、それでも律儀にきちんと答えてくれた。

「おまえの歌がきっかけで、人間に関心を持ったというだけだ。私が住まうこの地を訪れるものは少なく、現時点で好悪を訊かれても判断しかねる」

「でも、あなたはひとであるおれを助けてくれました。とっても優しい神様です。いろんな人間がいますけど、もっとたくさんのひとを知れば、あなたもきっとおれたちのことを好きになってくれると思います」

少々前のめりに訴えると、男はさらに困った、という表情をして言った。

「待て。そもそも私は好悪を問題としていない。ただ、人間の真の姿を見極めたいと考えているだけだ。身近にある生き物のことを把握も理解もしないまま、果てなき先まで存在し続けるのはいかがなものかと」

男はそこまで喋ってからふと言葉を途切れさせ、先と同じようにいったん川下の方向へ目をやった。

それから智基へ視線を戻し、今度は彼のほうから問いかけてくる。

「おまえは私に、人間を好きになってほしいと望んでいるのか？」

「はい。神様に嫌われたままなんて、ちょっと哀《かな》しいです。確かにひとは身勝手なところもあるかもしれませんけど、そればかりじゃないですよ。多くのひとと出会うことで、あなたにも人間のいい面を知ってもらいたいです」

　思うままを単純に告げると、男はひとつ頷き、それから智基をじっと見つめて次にこう言った。

「では、私をこの山の下、人間が暮らす土地まで連れていけ。人間が善なるものか悪なるものかを見極めなければ、好きも嫌いもない。そのためには、おまえの言う通り、観察対象を増やす必要がある」

「え？　おれがですか？」

「おまえが、多くのものと出会うようにと私に意見したのだろう？　私も人間を知りたいと考えていたところだ、ちょうどよい。私はおまえと山を下りてともに暮らし、人間の営みを観察することで、彼らの本来の姿を見極める。好悪はあとからついてこよう」

　唐突な彼の申し出に驚き、戸惑った。いきなりそんな提案をされたって、どう答えればいいのかすぐにはわからない。

　確かに、彼に人間のよい面も知ってもらいたいというのは、本心から出た言葉だ。しかし、ただの一学生が神様と暮らすなんて、責任が重大すぎやしないか。

そもそも、ほとんどひとも訪れない澄んだ川の渓流に住まう神様を、初手から自分の住む都会の人混みの中に連れていって大丈夫なのか？　山に較べれば空気は濁っているし、車や電車、人々の喋り声で騒がしい。自然を司る神様を汚してしまうのでは、と考えると、なんだか冒瀆《ぼうとく》であるような気もする。

「師走のはじめまででいい」

そう重ねられて智基が首を傾げると、彼は淡々と説明を加えた。

「毎年その日には川下で祭事が執り行われる。年に一度の賑《にぎ》わいに乗じて悪をなす人間がいるかもしれないので、事を見届けるため私は山に戻っている必要がある。川の主として、手は出さずとも祭事の状況は把握しておかねばならない」

「師走のはじめって、十二月一日ですか？　あと一か月と少ししかないですけど」

「それだけあれば、人間がどういった生き物であるのか大方見えるだろう。得体の知れぬものと日々をともにするのにはいささか懸念があるが、おまえであれば問題あるまい」

男が自分を、一緒に暮らしても害をなさない、不安はないと感じるくらい信用してくれたのはわかった。それは素直に嬉しいと思う。とはいえやはり、先に考えたように自分のほうには不安がある。

神様はすっかり乗り気のようだし、心情としては断りたくなかった。しかし、任せておけと胸を叩《たた》けるほどの自信がない。

「……ちょっと、待ってください。おれにとってはかなりの大ごとです。この場で即決するというのも」

神様を山の下へ連れていくなんて、そんなことができるのか、自分などがしてもいいのかと考え込む合間に言うと、男にこんなふうに返された。

「おまえはここで溺れたとき、なんでもするから助けてくれと祈った。そして私は助けた」

「それは……」

その通りだ。

続く声を発せぬまま、頭の中でこれまでのやりとりを整理した。いま目の前にいる神様は、人間がどんなものであるかを知りたがっている。総じて身勝手な生き物だという考えが勘違いかもしれない、と思いはじめている。それはとてもよろこばしいことだ。

さまざまなひとに出会えば、もしかしたら彼は人間を好きになってくれるかもしれない。そのためには、自分では責任重大すぎる、なんて怯《ひる》んでいてはいけないのではないか。これは、神様と人間のあいだに良好な関係を築くチャンスなのだ。

それに、死の影を前にして極限状態だったとはいえ、あのときなんでもするからと祈ったのは事実だ。助けてもらっておきながら、いまさら反故《ほご》にはできない。

ずっと人間嫌いだった神様がはじめてひとに関心を持ってくれたのだ。確かに重責は感じるが、一か月とちょっとくらいであれば、頑張《がんば》って神様の人間観察を手伝ってみようか。命を救われたことへの感謝にも背を押され、そんなふうに考えた。

「……わかりました。とりあえずおれの住まいに連れていきますので、一緒に山を下りましょう」

思案の末にそう答えると、男は満足そうに頷いた。それから少しの間を置き智基に訊ねる。

「おまえの名は」

これもまた唐突な問いに、特に考えもせず「望月智基です」と返事をした。男は再度頷いてから、不意にその右手を伸ばしてきた。

「智基。少し大人しくしていろ」

腕を摑《つか》まれ引き寄せられて、僅かばかりよろめいた。男はそれを支えるように左腕を智基の腰に回し、ためらいもなく顔を近づけてきた。

「は？　え、ちょっと！」

動揺のあまり声を洩らすが彼は聞くつもりもないらしく、反射的に突き飛ばす前に唇を塞がれていた。すぐに生あたたかい舌が入ってきて、次に音を立てて唾液を啜《すす》られ、抵抗するどころか身じろぐこともできなくなる。

「ふ……っ、う」

こめかみのあたりがどくどくと脈打ち、目がくらんだ。瞼を閉じることも忘れたまま、なすすべもなく至近距離にある美貌をただ見つめる。

男は少しのあいだそうして智基の唇を吸ったあと、素っ気ないほどにあっさりとくちづけを解いた。その顔にはこれといった表情も浮かんでおらず、彼がなにを考えているのかまったくわからない。

「いきなり、な、にを、するんですか」

手を離されて思わず一歩後ずさり、うるさい鼓動を持てあましつつ男を詰《なじ》った。しかし彼は少しも意に介さないようで、悪びれる様子もなく智基にこう説明した。

「どのような生き物の姿にでもなれるとはいえ、私本来のものではない。ゆえに、維持するには対象の一部を要する。人間の姿形を保つには、人間のなにかを摂取しなければならない」

「だ、からって」

「山を下りて生活するのなら、人間の形でいたほうがよいだろう。智基の唾液を得るのが一番簡単かと考えたが、肉を食ったほうがよかったのか？」

続けられた彼の言葉にごくりと喉を鳴らしてから、慌てて首を横に振った。確かに、肉を食いちぎられるくらいなら唾液を飲まれるほうがましだ。

この男にとって、キスに大した意味はない。単に人間の姿を維持するための行為だ。自分にそう言い聞かせて深呼吸をし、無駄に高鳴っている胸を落ち着かせようとするものの、なかなか静まってくれない。

こうも鼓動が速まるのは、驚愕のせいばかりではないのだろう。突然のくちづけに嫌悪感を覚えるどころか、妙にときめいている。そう自覚して、これまで以上にうろたえた。

智基の恋愛対象は子どものころから男性だった。こんなふうに幾度もキスをした別れた恋人も、もちろん男性だ。

としても、当然ながら、男なら誰でもいいなんてことはない。川の中から現れた神様まで、恋の対象になるわけではない。

自分は、人間に興味を持ちはじめたこの神様に、いつのまにか好印象を抱いていたのだと思う。あのとき助けてくれたことに感謝もしている。だから、彼からの不意打ちの行為にちょっと心浮き立っているだけだと、ひとまずは自分を納得させることにした。

「……じゃあ、神様。行きましょうか。こっちの道から下ります」

動揺やら狼狽やらを無理やりのみ込んで男に声をかけたら、彼は少し考えるような間を置いてから智基に告げた。

「その呼称は避けよう。これから山を下り人間の住まう土地で暮らすのだ。私は、自身が神であることを周囲に知られぬ状態で、人間を観察したい」

そう言われてはじめて、彼を神様と呼んでいればまわりのひとが不審がるかもしれない、と思いいたった。実際に彼が神であると信じるものはそうそういないだろうが、変な宗教家にでも間違われたら、純粋な人間観察ができなくなってしまう。

ではなんと呼べばいいのか。少し悩んでから、彼にこう提案した。

「それなら、志乃川の神様ですし、志乃様と呼ぶのはどうでしょう」

「志乃様か」

「いや、様づけも変ですかね……。ええと。志乃さん？」

神様を相手にさすがに失礼かと若干はらはらしながら口に出すと、男はどこか楽しげに「よいだろう」と答えた。志乃さん、という親しみのある呼称が気に入ったらしい。

面倒くさそうだったり困ったり満足そうだったり、この神様は人間の姿であるときには結構砕けた表情もする。先ほどと同じくそんなことを考えたら、いまだ僅かばかり強《こわ》ばっていた身体からすっかり緊張が抜けた。龍の姿も威厳があって美しくはあったものの正直怖いし、こちらのほうが接しやすい。

川の神様、もとい志乃とともに、木段もないような山道を歩いた。その途中で志乃はふと立ち止まり、智基を連れさらに険しい横道へ足を踏み入れた。

平然と前を行く志乃になんとかついていくこと十数分、木々の合間を流れる川が見えてきた。このあたりにある川は確か、八条川《はちじょうがわ》という名だったと記憶している。ひとりでもう一度宮神山を登ろうと思い立った際に、念のためと事前に広げた、父親の書き込みが残る地図で目にしたのだ。

志乃は川のほとりで足を止め、よく通る声で言った。

「八条の。ひとつ頼みがある」

その呼びかけに応えて水面を割ったのは、赤い目をした大きな龍だった。はじめて志乃を見たときほどではなくても、驚きと畏れで鳥肌が立つ。

『志乃川か。久方ぶりに呼ばれたかと思えば、ずいぶんとおかしな姿をしている。どうした?』

龍はつい先刻聞いたのと同様頭の中に直接響いてくるような声で、智基の前に立つ志乃に問いかけた。彼らのやりとりを聞く限り、川には各々異なる神様がいるらしい。

志乃が八条と呼んだ赤目の龍は、そこでようやく気がついた、とでもいうかのように智基を一瞥《いちべつ》した。それから志乃に目を戻し、改めて訊ねる。

『人間を連れてなにをしている？　我らが人間などと馴《な》れあえるとは思わぬが』

「祭事の日までひと月ほど山を下り、人間たちの暮らしを観察してみようと考えている。その間、留守を預かってくれ」

志乃の答えが意外だったのか、龍は少しのあいだ沈黙した。そののちに、ひどく低い声で質問を重ねた。

『なぜ、山を下りて人間たちの暮らしを観察しようなどと考える？　人間に交じれば汚れるぞ』

訝《いぶか》しげに尾を揺らした龍の問いに対し、志乃は淡々とした声音で返した。

「人間の真の姿を見極めるために、交じってみようと思うのだ。その結果汚れても目的は達する」

赤目の龍は志乃の短い説明を聞き、またしばらく黙った。それから志乃と智基を交互に見て、どこか呆《あき》れたように言った。

『物好きな。しかたがない、旧知の仲であるおまえの頼みであれば聞いてやろう。それで、おまえがいぬ間に志乃川に変事が起こったら、どうすればよい？』

「何事もなるに任せるのが私の常だ。八条も同様だろう」

『悪《あ》しき人間の所業に起因するものであれば？』

龍から続けざまに訊ねられても、志乃はこれといって考え込む様子は見せなかった。当たり前のことを声にしているだけ、といった口調で答える。

「その人間が報いを受けるさまをただ見届けるのみ。わざわざ手を出すのも億劫《おっくう》だ。いずれにせよ、預ける以上はおまえの思うように」

志乃の言い分に龍は頷き、ゆるりとした動きで川の中へ消えた。彼らの会話から、川の神様たちはあくまでも自然とともにある存在で、基本的には人間と相容《あいい》れないもの、そう簡単には心許さないものであることはわかった。

なのに志乃はあのとき、自分と父親を助けてくれたのだ。

そう思ったら、なんだか胸があたたかくなった。わざわざ手を出すのも億劫だと言いながらも、少なくともいまは、この神様は人間を頭から否定してはいない。善なるものか悪なるものかの判断材料を得るため姿を変えるくらいには、関心を抱いている。

「では行くか。智基、あとの道筋は任せよう」

川の水面が静まってから志乃にそう声をかけられたので、あたたかな気持ちを抱いたまま「はい」と応じた。もとの道に戻り、そこからは先に立って山を下る。

道中、ひとりで山を登ってきたときには感じていたさみしさが、志乃とともにいるうちにいつのまにか遠くなっていることに、ふと気がついた。

ひとりでいるのは嫌いではない。子どものころから長いこと、仕事で留守がちだった父親と生活していたし、いまはひとり暮らしだから慣れてもいる。

しかし、紅葉の美しい景色の中、こんなふうに誰かと一緒にいるのも悪くないものだと、いまさらながらに考えた。


山の中腹に停めてあった車を見た志乃は、いかにも興味津々といった様子で近づいた。ヘッドライトからリアバンパー、サイドミラーまで覗き込み、くまなく観察している。

ちなみに、智基の愛車は亡き父親から継いだものだ。父親が事故死したあと、遺産の管理はすべて祖父母に任せそこから学費や生活費を受け取る、と決めたのは智基自身だが、彼が好きだったセダンだけは手もとに置きたくて譲り受けた。たまの休暇に父親があちらこちらの自然の中へ連れていってくれた、思い出の詰まった車なのだ。

「川下まで出た際に目にしたことがある。人間よりも速く走れるようだったので、気にかかっていた。これはなんという生き物なのか」

ひとしきり車を眺め回した志乃にそう問われ、なるほどそこから教えなければならないのか、と内心で少しばかり先を案じた。とはいえ、思案の末に志乃を連れ帰ると決めたのは自分なのだし、いまさら不安になってもしかたがない。

「自動車です。生き物じゃなくて、機械ですよ」

運転席のドアを開けながら答え、同様に助手席へ乗るよう志乃に促し続けた。

「ひとが中に入って操作して走らせます。ガソリン……化石燃料を蒸留した液体を注入し燃焼させて動かします。これを使うには公的な許可がいるから、志乃さんに操作してもらうことはできないんですけど」

「便利な機械だ。私の知る限り、百年前にはこうしたものは見かけなかったように思う。人間の文明というものはあっというまに発展を遂げる」

感心したように言って助手席に腰かけた志乃に、安全のためだからと説明し次にシートベルトをつけさせた。素直に従った彼は、智基がアクセルを踏むとますます感心し、ハンドルやギアについてあれこれ質問したのちに車窓へ目を移した。

自然豊かな土地から徐々に都会のものへと変わる景色を、志乃は食い入るように見つめていた。はじめて目にする都市部に興味があるのだろう。

「四角い、高い建物がたくさんある。あのように巨大なものを、人間が作ったのか？」

立ち並ぶ高層ビルを眺める志乃から訊ねられたので、なるべくわかりやすい表現で返事をした。

「はい。ひとが設計して、大きな機械を使って建ててます」

「なにをするものだ？　人間はなぜああいった建物を作る？」

「あの中で生活したり、仕事したり、用途はまちまちです。こういった人口密度の高いところだとひとの数に対して土地が狭いから、日々をすごすのに必要なスペースを確保するには、縦に伸ばすしかないんですよ」

　智基の返答に納得したらしく、志乃は短く「そうか」と言った。そのあとは黙って車道から見える都会を観察していたが、しばらくののちに突然聞こえてきた踏切警報音に驚いたのか、これまでよりも少しばかり硬い声を発した。

「智基。なんの音だ？　緊張を強いられる」

　山深くに暮らす神様は、川や風の囁《ささや》き、鳥の声といった、自然が生み出す音のみを聞いて毎日をすごしていたのだろう。それがいきなり警報音なんてものを耳にしたら、確かに緊張感を覚えるかもしれない。

　遮断機の前でブレーキを踏み、安心してもらえるようにと丁寧に説明した。

「そこにレールが……鋼鉄製の道みたいなのがあるでしょう？　線路というものなんですけど、その上を、電気を動力にした電車っていうのが走ります。ひとや荷物を載せて運ぶんですよ。この音は、電車が通るから危ないと注意を促すものです」

「電車？」

　志乃が首を傾げたすぐあとに特急列車が姿を見せ、右から左へ、走行音を響かせ通り抜けていった。そのスピードと音、長さにさらに驚いたようで、志乃は助手席で声もなく固まっている。

　彼がようやく口を開いたのは、電車が見えなくなり遮断機が上がってからだった。

「自動車も速いと思っていたが、電車とやらはそれ以上ではないか？」

「カーブや駅では減速したり停まったりしますから、ずっとあのスピードというわけではないですけど、基本的には車より速いです。いまの特急……特に速く走る電車だと、最高で一時間に百キロメートル以上の速度を出すそうですよ」

「なるほど。人間の生活は便利でもあり、恐ろしくもある」

　唸《うな》るように言った志乃に、「そうですね」と返した。ひとの暮らしは便利で怖いとは、まさに彼の言う通りだと思う。

　その後も志乃は、新しい発見をするたび智基にあれはなんだ、なにをするものだと問いかけた。好奇心旺盛な神様だ。人間にとっての常識を知らない彼にも通じる言葉を選び、それらの質問にひとつひとつ答えているうちに、車は智基の住まいに到着していた。

　智基がひとり暮らしをしているのは、音楽大学に近いマンションだ。防音性の高い鉄筋コンクリート構造で楽器の音や歌声が室外に洩れにくく、またキャンパスに徒歩で通えることもあってか、同大学の学生が多く住んでいる。

　防音性が高いとはいえ完全ではないため、たまにささやかな音洩れもあるものの、少々の騒音はお互い様と容認されているので気が楽だ。実際、入学と同時にいくらか距離のある実家からここへ引っ越してきて以来、これといったトラブルはない。

　志乃とふたりでエレベーターに乗り、智基の暮らす部屋がある四階へ昇った。窓際にシングルベッドを置いた居室はキッチンとひと続き、あとはバスルームとトイレがあるだけの、大学生がひとり暮らしをするには充分だが広いとはいえないワンルームに彼を通す。

　志乃はまず部屋の中をぐるりと見回して、はじめに雑貨入れにしているカラーボックスに目を留めたようだった。視線の動きが止まっている。

　彼が、カラーボックスの上に飾ってある写真に気がついたことは察せられた。

「このものはどうした。あのとき智基と一緒に助けた人間だろう」

　カラーボックスに歩み寄り写真を示した彼の指の先で、満面の笑みを浮かべているのは、生前の父親だ。少し迷ってから、ごまかすのもおかしいかと事実を口にする。

「事故で亡くなりました」

　志乃は智基の答えを聞き、いくらかのあいだ黙った。そののちに、ひどく静かな口調でこう告げた。

「そうか。自動車や電車といった有用な機械が存在する一方で、それらを生み出し使う人間は、儚《はかな》いものだ」

「……儚いですね。車でも志乃さんが言ってたように、都会は便利な反面、恐ろしいです。昨日まで元気に暮らしていたひとが、いきなりいなくなったりしますし。そういうのは、ちょっとさみしいです」

「そうか」

　なんでも知りたがり質問を重ねる志乃は、しかしここではそれ以上続けなかった。もしかしたら、何千年も山奥で生きてきた神様は、さみしいという感情を知らないのかもしれない。だから言及しようもないのかと腹の中で考えた。

　どうにせよ、人間を見極めるために山から下りてきたばかりの神様相手に、このタイミングで弱音を吐くのはよろしくない。観察対象第一号がべそべそしていてはひとに対する評価が落ちてしまいそうだ。写真から目をそらして「じゃあ飯の支度をしますね」と口に出し、気持ちを切りかえてキッチンに立った。

　住まいと山の往復で、気づけば夜も遅くなっていた。いまから時間のかかる料理をするのは良策ではなかろう。朝炊いた米と味噌《みそ》汁をあたためて、今日のところは簡単に卵焼きでも作ろうかと、狭いキッチンを左右に見ながら夕食の献立を考える。

「私の分も用意しているのか？　神は食事を必要としない」

　過去に恋人のために買いそろえたふたり分の食器を取り出していたら、背中からそう声をかけられた。なるほど、ひとの姿をしているとはいえ神様なのだから食べなくてもいいのか、と一瞬手が止まる。

　しかし、すぐに思い直して、対《つい》の皿を狭い調理スペースに並べた。たとえ本当に食事が不要なのだとしても、食べ物があたたかいとか旨《うま》いとか、ひとにとって当たり前のそんな感覚は知ってもらいたい。

「でも、志乃さんは人間の生活を見るために山を下りてきたんでしょう？　せっかくだから飯を食べてみませんか。ひとのこと、ちょっと理解できるかもしれませんよ」

　しばらく使っていなかった片方の食器を布巾で拭きながら提案すると、納得したような声が返ってきた。

「確かに、人間を知るためには対象と同様の行動を取ってみるのもよい方法か。そういうことであれば、私も食事を摂《と》ってみよう」

「今夜は、朝の残りの味噌汁と、卵焼き、あとは白飯です。手抜きだからそんなに面白くないかもしれませんけど、ひとの生活第一歩ってことで大目に見てください。明日はもう少しちゃんとした飯を作りますね」

「食事については智基に任せる。私は経験がないので手抜きもなにもわからない」

　志乃は、朝作った味噌汁の鍋を覗き込んでいる智基にそう告げ、以降は黙って部屋の観察に戻った。背後でごそごそとなにやら漁《あさ》っている音が聞こえる。

　ボウルに数個の卵を割り入れ、菜箸で掻《か》き回しながらそっと振り返ったら、本棚から楽譜やら大学の講義で使う資料やらを引っぱり出している志乃の背が見えた。遠慮もなく次々と手に取っては眺め床に積みあげているが、志乃に悪気はないのだろうから、あまり散らかすなと注意をするのはやめておく。

　あたためた味噌汁と白米、食べやすい大きさに分けた卵焼きを、居室の真ん中にあるローテーブルに置いた。そういえばふたり分の食事を用意するなんてひさしぶりだ、などと考えて、少しばかりの心嬉しさを感じる。

「志乃さん。とりあえず食べましょう。冷めちゃいます」

皿や椀《わん》に箸を添えて声をかけると、本棚の前に陣取っていた志乃はひとつ頷き、促した通り智基の向かいに座った。それから、両手を合わせて「いただきます」と言った智基にならい、首をひねりながらも声にする。

「いただきます」

そんな彼の姿に心がふっとあたたかくなった。志乃川で龍に出会ったときは、驚きのあまりあれこれ考える余裕もなかったが、落ち着いて見ればこの神様はずいぶんと素直だと思う。

次に箸を手に取ると、志乃はこれも食前の挨拶と同様智基の真似《まね》をした。しかし使いかたを知らないらしく、持った箸を見つめ僅かに困ったような顔をする。

「私は食事をしたことがないので、こうしたものを手にするのははじめてだ。どう扱えばいいのかわからない」

「……なるほど。じゃあ、今日のところは簡単にスプーンを使いますか。箸の使いかたは、時間があるときに練習してみましょう」

いくらか悩んでからいったん立ちあがり、スプーンをふたつ摑んでテーブルの前に戻った。これで味噌汁を食べるのは大変そうだがなんとかなるだろう。最初から箸の持ちかたを教えて苦労させるより、まずは単純に食事というものを経験してほしい。

「この白米は、米から籾《もみ》とぬかを取り除いて炊いたものです。最初にこれを食べてみましょうか」

短く説明してから、先に自分がひと掬《すく》い白米を食べて手本を見せると、志乃も同じようにスプーンを口に運んだ。なにを考えているのか少々難しい顔をして白米を味わっていた彼は、もうひと口食べてから智基に目を向けて言った。

「細かな粒が集まっているのに主張しすぎず、見た目から受ける印象よりもやわらかい気がする。不思議な感覚ではあるが悪くない」

「じゃあ、次はおかずに行きましょう。卵焼きといいます。鶏《とり》の卵を割って、その中身を味つけして、少し油をひいて焼きました」

ここでも先に食べてみせると、どこかしら興味深そうな目をして、志乃もまた卵焼きを口に入れた。どうやらこの神様は食に対して前向きな気持ちを持ってくれたらしい、と幾ばくか嬉しくなる。

「これは複雑な味わいだ。どう表現すればいいのかわからないが、快いと感じる」

ふた口めと食べてからそう感想を述べた志乃に、ほっとした。卵を焼くだけの簡単な料理ではあるものの、少なくとも、受けつけないほど口に合わないということはなさそうだ。

「確かに飯の味って言い表すの難しいですね。この卵焼きには塩と出汁《だし》を入れてますから、基本的には塩味です。あとは卵と出汁のうまみ……うまみというのは、すごく単純に言うと、まさに快いって感じがする味です。いや、これじゃわかりづらいですよね？」

「食べ物を要する人間にとっても言語化は難しいのか。いずれにせよ、卵焼きとやらはなかなかよいものだ。では次は、この椀に入っているものを食べてみよう」

危なっかしい智基の解説に頷いて返し、志乃は促す前に味噌汁へ目を向けた。前向き、以上に積極的だ。好奇心旺盛な神様の関心を引けたらしいことに密かな満足感を覚えつつ、また先に椀を手に取る。

具材をスプーンで掬うのに苦戦しながらも、ふたりで味噌汁を食べた。志乃は味噌の味も気に入ったようで、椀に唇をつけたあと僅かばかり感心したような声音で言った。

「卵焼きとは異なるが、これもまた快い。うまみというものか。中に入っているこの長方形のものに味がしみこんでいて、嚙《か》むと面白い感触がある」

「長方形のは油揚げ……大豆を煮て、海水からとれるにがりを加えて作る豆腐っていうのを、薄切りにして揚げたものです。味噌汁の中に入れる具はひとによって違いますけど、油揚げはまあ王道です」

「白米、卵焼きに、油揚げの入った味噌汁。いずれも興味深い味わいがする。人間は生きるために必要な食事に、こうした工夫をしているのか。よい習慣だ」

さほど露骨な表情ではなかったが、志乃が食に興味を持ち、また彼なりに楽しんでいることは伝わってきた。こんな姿を見せられたら、どうしたって料理への意欲が湧く。先にも言ったように明日はもう少しちゃんとした食事を作って、彼をもっとよろこばせたい。

「ごちそうさまでした」

皿や椀を空にし最後にそう口に出すと、先ほど同様志乃も智基にならい「ごちそうさまでした」と言った。平気でひとの部屋の本棚を漁りはするものの、手本を示せば礼儀作法に従うことを厭《いと》わない面は、何度も神事を目にしてきただろう神様らしいといえばいいのか、単に志乃の個性なのか。どちらであれ、悪感情を抱くものはいまい。

空いた食器をシンクで洗ってから、相変わらず本棚の中身を取り出しては眺めている志乃に声をかけた。

「時間も遅いんで、今日はもう寝ましょう。本を見るのは明日もできますし」

「神は睡眠も必要としない」

楽譜をめくりながら答えた志乃に、そういうものか、と納得はした。とはいえ、ずっと起き続けているのも疲れやしないかと心配にもなる。

眠りを要さない神様だって、布団に潜りひととき身体と意識を休ませてもいいだろう。なにより一緒にいる自分のほうが不安だと、さらに誘いかけてみた。

「だとしても、ひとを知る手段のひとつとして、みんなと同じように眠ってみませんか？　案外気持ちいいかもしれませんよ。飯と一緒です」

志乃は少し考えるような間を置いてから、見ていた楽譜を閉じひとつ頷いた。はじめての食事がそれなりに面白かったので、就寝という行為にも興味が湧いたのかもしれない。

「じゃあ、寝る準備をしましょう。おれは後ろ向いてますから、これ着てください」

いままで智基と同じ衣服をまとっていた志乃に、衣類ケースから取り出したオーバーサイズの部屋着を渡した。彼は今度は首を傾げ、「なぜ」と問いかけてきた。

「ゆったりした格好のほうがぐっすり眠れますよ。ちゃんとした寝間着とか持ってないんで、なんだか中途半端ですけど、こっちのほうがまだ寝やすいですから」

「そうではなく、なぜ後ろを向くと？」

なるべく丁寧に答えたら、そんなふうに重ねて問われ、次の返事に詰まってしまった。他意はないらしき志乃に真っ直ぐ見つめられて視線が泳ぐ。

志乃川の川辺ですでに彼の全裸は目にしているので、いまさらではある。しかし、自分の部屋にふたりきりという状況で彼の裸体を前にすれば、きっとあのとき以上に動揺するだろう。などと説明しても伝わるまい。

「……宮神山でも言いましたけど、裸のひとを見てると、そわそわするんで」

川原で口にしたものと同じ胡乱《うろん》な言い訳をしたら、志乃は相変わらずまったく理解していないような顔をして「わからないがわかった」と答えた。智基の頼みの理由は知らないが聞き入れる、といった意味だと思う。

ぎこちない動きで志乃に背を向け、後ろで服を着ている彼の気配を全身で追った。なにも見えていないのになぜこんなに緊張するのだと、結局はあのとき同様、そんな自分にうろたえる。

「もういい。着た」

志乃の声が聞こえてきてから振り返って見た限り、渡した服は別段窮屈そうではなく、それにはほっとした。とはいえ志乃のほうが背が高いので裾丈が足りていない。しかもやはり、川辺でも感じた通り自分の手持ちの服は、彼に似合わない。

　整った容姿をしている志乃には、もっと形よい、きちんとした服のほうが釣りあうのだと思う。いまのところは手もとにある服を身につけてもらうしかないが、こんなに美しい男に似合わない服を着せておくなんてなんだか申し訳ないし、もったいない。これこそ神に対する冒瀆だ。

　今度志乃に相応《ふさわ》しい服を買いにいこう。心の中でそう決意しつつ、彼をベッドへ促した。

「ベッド狭くて申し訳ないんですけど、布団これしかないんで、なんとかふたりで入るしかないですね。志乃さん、先に寝てください」

「わかった。そうしよう」

　志乃は高い位置で結んでいた黒髪を下ろし、言われた通り横たわった。肩のあたりまで布団をかけてやり、しばらくベッドに腰かけ見守っていても、しかし彼はなぜか目を閉じようとしない。

「どうしました？　寝心地悪いですか？」

　ベッドの上で仰向《あおむ》けになったまま天井を見ている志乃に問いかけると、こんな答えが返ってきた。

「眠りかたがわからない」

　なるほど、そこを教える必要もあるのか、と密かに唸る。実演して自分ひとり眠りこけてしまったら志乃が困るだろうから、食事のように手本を見せるわけにもいかない。

「そうですね……。じゃあ、まずは目を瞑りましょうか。それで、できるだけリラックスしてください」

ベッドの横に膝をついて提案すると、志乃は素直に瞼を下ろした。緊張しているようには見えないが、完全に弛緩《しかん》しているという様子でもない。

もしかしたら山深くに住んでいた川の神様は、都会に下りてきたばかりでリラックスできないのか？　置き時計の針が五分のときを刻んだころに、「眠くなりませんか？」と小声で訊ねたら、志乃は目を閉じたまま答えた。

「眠くなるという感覚を知らない。どういうものだ？」

「こう、あったかい布団の中で、落ち着いて、安心して、うっとり気持ちよくなるというか」

難しい質問になんとか返事をしつつ、ふと、歌はどうだろうと思いついた。いったん説明を切りあげ少し考えたのち、横たわっている志乃に問いかける。

「志乃さん。川で、おれの歌は快いって言ってくれましたよね。おれの声、落ち着きますか？　安心できます？」

「落ち着く」

短い志乃の返答を聞いてから、子どものころに父親が歌ってくれた子守歌を頭の中に呼び起こした。何度も聴いたものだから容易に思い出せる旋律を、小さく、優しく声にする。

そうして枕元で子守歌をうたっていると、しばらくして志乃の寝息が聞こえてきた。睡眠を知らなかった神様は、どうやらちゃんと眠れたようだ。

　彼の寝姿を見て、まずはほっとした。同時に、心の奥のほうから知らない感情が湧いてくるのを自覚した。

　自分の歌声を聞いて神様が眠りに落ちるなんて、なんだかくすぐったような嬉しいような、不思議な感じだ。この声の価値を自分ではいまだ見つけられていないし、これでよいと納得もしていない。しかし、志乃を落ち着かせ、安心させられるのなら、ひとり悩みつつも歌を学んできた時間は無駄ではないのかもしれない。

　無駄ではないと、思いたかった。


　翌日。

　シングルベッドで男ふたり寝るのは厳しいかと思っていたのに、志乃の隣に潜り込んでからすぐに瞼が重くなり、気づけば朝になっていた。案外ぐっすりと眠れたらしく、山を登った疲れは残っていない。

　そっとベッドを抜け出し軽くシャワーを浴びながら、昨日の出来事を思い起こした。よく晴れた日曜日にひとりで宮神山へ出向き、志乃川の渓流で出会った神様を家に連れ帰った。夢物語みたいだが、朝起きても彼は確かに隣で寝息を立てていたから、現実なのだ。

ならば、せっかく山を下りてきた神様に、人間がどんなふうに生きているのかを誤解なく知ってもらいたい。人間に交じりたくさんの経験をして、できれば好きになってもらいたいと思う。

浴室から出て服を身につけ、タオルで雑に髪を拭きつつ居室に戻ると、ちょうど目を覚ましたところだったのか、志乃が布団を退《ど》け半身を起こす姿が目に入った。彼も智基同様によく眠ったようで、寝起きの表情はすっきりしている。

「おはようございます。気分はどうですか？」

歩み寄って声をかけたら、志乃はまず不思議そうな表情で狭い部屋の中を見回した。それから智基に目を向けて「意識がはっきりしている」と答えた。

「智基の歌を聴いていたところで記憶が途切れているものの、不快感はない。よくわからないが生まれ変わったような感覚だ」

「それが眠るってことですよ。ぐっすり寝ると気持ちいいですよね」

「なるほど。私はどうやらぐっすり寝たようだ、確かに気持ちがいい。こうして休息を取るのが人間の生活の一部なら、よいものだ」

志乃の返答に安堵《あんど》した。神様は、食事同様はじめての睡眠も気に入ってくれたようだ。

放っておけばそのうち乾くかと今朝はドライヤーを省略し、衣類ケースを探って、部屋着と同じくオーバーサイズの服を取り出し志乃に渡した。着替えている彼に背を向けてキッチンを眺めながら少し考え、トーストを焼きコーヒーを淹《い》れる。これなら、まだ箸を使えない志乃も気楽に食べられるだろう。

　どちらも興味深そうに口へ運ぶ志乃とふたりで簡単な朝食を摂ったのち、再度キッチンに立った。自分が大学へ行っているあいだ、彼に食べてもらうための昼食を用意しなければならない。

　まったく知らない品を置いていっても混乱するかと思案し、昨夜と同じように卵焼きを作った。白米にはわかめを混ぜ込み、志乃が気に入ったらしい油揚げは小松菜と合わせて煮浸しにする。味噌汁は冷めるとおいしくないので、今回はなしだ。

　皿と椀に盛りつけラップをかけてローテーブルへ並べてから、今朝も相変わらず本棚を眺めている志乃に声をかけた。

「志乃さん。おれはこれから部屋を空けるんで、ここにある飯、正午くらいになったら好きに食べてください。気に入らないやつがあったら残していいですから」

「わかった。昨夜と同じ要領で食べてみよう」

「上にかかってる透明のフィルムは食べられないんで、はがしてくださいね」

　最後にスプーンを添え説明しながらも、心嬉しさを感じているおのれを自覚した。簡単とはいえ、誰かのために留守中の食事を用意するなんてひさしぶりだ。そんな、昨夜と同じようなことを考えてじんわり胸があたたかくなる。

　好奇心旺盛でなんでも訊いてくる志乃の様子に、はじめはどうなることかと思った。しかし、神様との共同生活も悪くなさそうだ。

好きなだけ本を山にしていいから自分が戻るまでこの部屋を出ないよう言い残し、徒歩で大学へ向かった。智基が通うのは、声楽に限らず、音楽家を目指すものの多くが入学を志望する、指折りの音楽大学だ。

大学の卒業生には現在華々しい活躍をしている音楽家も多く、それも人気がある理由のひとつだろう。将来は音楽で成功したいという夢を抱いた学生たちが集い、日々切磋琢磨《せっさたくま》している。

今日は午後の実技レッスンの前に、昼まで音楽史の講義を受ける予定を立てていた。声楽家を志すならば、座学で得る知識も必要だ。

「望月！　お疲れさん」

講義終了後、学生食堂で昼食を摂ろうかと講義室を出たところで、背中からそう声をかけられた。振り返ると、資料を手にした数人の学友が廊下を歩いてくる姿が見えた。別の講義を受けていたようだが、たまたま講義室が近かったらしい。

「そっちもお疲れ。おれはこれから昼飯食べにいくところ」

「じゃあ一緒に行こう。学食だろ？」

笑顔で誘ってくれたのは、古屋《ふるや》という名の男だった。智基と同じ二十歳の大学二年生で、ともに声楽を学んでいる。入学当初から仲がよく、はじめての酒を一緒に飲んでふたりで酔っ払い、ひっくり返ったこともあった。そんな日常を共有している大事な親友だ。

ほかの面々もしょっちゅう顔を合わせる友だちで、彼らと一緒にいるのは楽しかった。誘いに頷いて返し全員で学生食堂へ向かう。

各々好きなメニューを選び、トレーを手にひとつのテーブルを囲んだ。いただきます、と言ってカレーライスに添えられているスプーンを取ると、山盛りの唐揚げを前にした古屋から話題を振られた。

「コンクール、次は全国大会だな。準備は順調か？　まあ誰より努力家なおまえのことだから万全なんだろ、心配はしてないが」

「どうだろうなあ」

万全だ、とは言い切れず曖昧な返事になり、それをごまかすためにカレーを口に運んだ。親友が相手であっても、自分でもうまく表現できない心中の靄《もや》を吐露するのにはなんだか抵抗感があった。言葉にすれば薄っぺらい愚痴になってしまいそうだし、食事時に話すことでもないだろう。

ひと口食べたカレーは旨かった。料理人が変わったのかレシピが違うのか、いつもよりおいしい気がする。志乃にも食べさせてやりたい、などと考えていると、古屋に笑顔で重ねられた。

「自覚があるのかは知らないが、望月の技術はすごいんだ。テクニックでおまえに勝てる学生なんかいない。全国大会でもてっぺん目指してくれ」

すごいんだ、か。カレーに入っていた人参《にんじん》を咀嚼《そしゃく》し飲み込む短い時間で考えて、「そう褒めるなよ、照れるだろ」と軽口を返しておいた。さすがに持ちあげすぎだとは思うものの、いつでも前向きな言葉をかけてくれる古屋には素直に感謝している。

毎年夏から秋にかけて、音楽を学ぶ学生を対象としたコンクールが開催される。古屋が言及したのはこれのことで、学生たちにとっては大きな大会だ。

智基は、幅広い教養を身につけるため普通科の高校に通っていた三年間、および音楽大学に入学したばかりだった去年は準備期間としてあえて出場せず、今年の大会での成果を虎視《こし》眈々《たんたん》と狙っていた。よって、智基がコンクールに参加するのは今回がはじめてだった。地区大会の予選、本選を無事通過し、あとは十一月最終日に行われる全国大会を待つのみという状況にある。

残された時間は一か月強。長いといえば長いし、短いといえば短い。

当然ながら智基も、全国大会でよい結果を出したいと強く望んでいた。古屋の言葉を借りるなら、てっぺんに立ちたい。さすが望月智宏の息子だと認められたい。

しかしそんなに都合よく事が運ぶとは考えていなかった。全国大会に集まるのは地区大会を突破した学生たちなのだから、みな才能もあろうし努力もしているはずだ。一位を狙うというのは、彼らに勝てるだけの歌唱をするということだ。

いまの自分には、おのが歌声にはそこまでの力がある、と自信を持って言うことはできない。

その後は、眠たい講義の愚痴を零しあったり、飼い猫の自慢話を聞いたりと、時折笑い声が上がる学友たちとの楽しい昼休みをすごした。この大学に通う学生は基本的に真面目で志も高い。音楽に対して同じ情熱を持つ仲間と夢を語りあうのも、たわいもない雑談で気を休めるのも心地よかった。

食後、実技レッスンを受けるためにそろって学生食堂を出て、互いに手を振りみなと別れた。コンクールの全国大会まであと一か月と少し、改めてそう意識するとレッスン室へ向かう足取りにも力が入る。

　地区大会を通過できたのはもちろん嬉しかった。目標へ一歩近づけたと安堵もした。

　ひとり廊下を歩きながら、九月に開催された予選、先日終わったばかりの本選で披露した自分の歌声を思い起こす。悪くなかった、全力を出した。磨いた技術はすべて駆使した。

　歌い終えたあとに客席から送られた拍手や喝采を、いまでもはっきりと覚えている。過去視察がてらに幾度か足を運んだ学生の大会では、そうした歓声が湧いた場面は目にしたことがなかったから、驚いた。

　この歌声は受け入れられている、少なからず評価されている。そう思うと気持ちが沸き立った。あのとき感じた快い高揚は忘れていないし、この先の、全国大会への意気込みも充分にある。

　ただ、このままでは自分の歌は伸びないかもしれない、だから勝てないかもしれないとも思っている。

　幼少時、ただ無邪気に歌っていたときには、そんな不安や焦《じ》れは感じなかった。だが、多くのひとに認められたいと意識しはじめたころから、もどかしさを覚えるようになった。

　なにかが足りない。理想に届かない。どうすればそこへ到達できるのか、わからない。

　しかしなんにせよ、いまはとにかく全国大会まで懸命に歌い続けるしかないだろう。ほかに方法もない以上、それが現在できる最善、最良の準備であるはずだ。

たとえ腹の中で悩みながらでも、歌える。歌えるのならばとにかく歌って、可能な限り前進しよう。ひとつも悩みを抱えていない人間なんていないし、それでもみな最大限の出力を得るべく日々試行錯誤しているのだから、自分も同様にもがいて高みを目指すのみだ。

レッスンと自主練習を終えて自宅に向かうころには、夕焼けがあたりの建物を染める時間になっていた。

昼と夜をつなぐ夕刻の光景というのは心に沁《し》み入るように綺麗だと思う。大学や街へ出る際の近道として重宝している、歩き慣れた細道から見あげた視界いっぱいの空も、複雑な濃淡をなす朱色に彩られていて実に美しかった。この街で暮らしはじめて二年目になるが、日々少しずつ色彩を変える風景には、いまでも飽きず見惚《みと》れてしまう。

紅葉や夕焼けといった、自然が織りなす美観は、いつでも智基の心を奪うものだった。たまの休みには車を出し、あちらこちらの自然の中へ息子を連れていってくれた、亡き父親の影響もあるのかもしれない。

鮮やかな夕陽に照らされつつマンションに戻り、エレベーターで四階まで昇った。解錠してドアを開けた向こうの自室は、想像していたより散らかっていなかった。志乃は昨日、本棚からあれこれ引っぱり出しては床に本の山を作っていたから、今日もその続きが繰り広げられるのだろうと予想していたのに、意外だ。

「志乃さん、帰りましたよ」

ローテーブルの前に座っている志乃に声をかけると、「これは宮神山か」という唐突な問いが飛んできた。楽譜や講義の資料が詰まった重い鞄《かばん》を置いて歩み寄ったテーブルには、智基が宮神山を登る際に事前確認した地図が広げられている。

本棚のすぐ横にあるカラーボックスの手前にしまっておいたものなので、早々に志乃が見つけても不思議ではない。今日は本棚を漁っていないのは、これに注目していたからだろう。

「はい。そこが宮神山ですね。それは地図っていいます」

志乃の指先が示している箇所を見て答えたら、彼は興味深そうに、さらに目を近づけた。

「人間は自然の姿をこうして絵にするのか。ここまで正確に描けるとは、なかなか賢い。私の川はこれで、八条はこれか」

「そうです。おれたちはここから山を下りて、この道路を通ってきました。途中で見た線路はこんなふうに、網の目みたいになってるんですよ」

地図をなぞりながら教えると、志乃は頷き「世界は広い」と言った。宮神山周辺の地図だけで世界は広いと感じるのなら、北海道《ほっかいどう》から沖縄《おきなわ》まで網羅した日本地図、もっと大きな世界地図を目にしたら彼はどんな反応を示すのか。機会があれば見せてやりたいと思った。

ひとしきり地図の説明をしてから屈《かが》めていた身を起こし、部屋を見回した。用意しておいた昼食はちゃんと食べてくれたようで、空になった皿や椀がシンクに置いてある。それが妙に嬉しくて胸の中が明るくなった。

さて、では夕食はどうしよう。狭いキッチンを眺めながら考え、そういえば今日の学生食堂のカレーは旨かったな、とふと思い出した。

「志乃さん。おれはこれから飯の材料を買いにいきますけど、一緒に来ます？」

少々さみしくなってきた冷蔵庫の中身を確認して声をかけると、志乃は「行く」と答えて地図をたたんだ。その彼とともに、財布と鍵、携帯電話だけ持って部屋を出る。

近所のスーパーマーケットでも、志乃は昨日同様智基を質問責めにした。野菜売り場、魚、肉売り場、調味料コーナーの各所で、目についたものの名や使用用途等を知りたがる。

「それはなんだ？」

そろそろ切れるころだったと棚から醬油《しょうゆ》のボトルを取り籠に入れたら、隣に立つ志乃からそう問われた。なんと言えば伝わるものかといくらか考えたのち、できるだけ端的に答える。

「醬油です。大豆とかの材料に麹《こうじ》を入れて、発酵、熟成させて作ります」

「では、こちらは？　智基の部屋で見たような気がする」

「そっちは味噌です。大豆とかの材料に麹を入れて……あれ？」

少し離れた場所に並んでいる味噌のパックを指さした志乃に訊ねられ、これも端的に返そうとし、途中で詰まった。同じことをくり返しているだけで回答になっていない。

　それ以上は口を出さずに志乃が続きを待っているものだから、困ってしまった。頭の中にある常識を引っ掻き回して、なんとか説明を試みる。

「ええと。同じような材料を使うんですけど、醤油と味噌で一番違うのは、もろみ……製造工程でできる固形物を、絞るか絞らないか、だと思います。醤油は濾過《ろか》して、味噌はそのままです」

「同じような材料を使うのに、なぜ別のものにする必要がある？」

「それぞれの異なる味わいを楽しむため……ですかね。醤油で味噌汁は作れませんし。いや、いざ訊かれると正確なところが出てきません。すみません」

　苦しまぎれに理屈を並べるのは諦め正直に謝ると、志乃は「智基にもわからないことがあるのか」と意外そうに言った。そののち、少し身を屈めてじっと味噌のパックを見つめ、こう続ける。

「同じ原料から別のものとして製造された正確な目的がわからずとも、人間は醤油や味噌といった多種多様な食品の中から欲しいものを選別し口にする。それだけ食という行為は各々の嗜好《しこう》に左右されるということか」

「確かに、食べ物の好き嫌いは個人によりますね。煮物に入ってる大豆は苦手なのに豆腐はおいしく食べられるひとがいたり、その逆もあったりとか、改めて考えるとちょっと不思議です」

「ますます興味深い」

　志乃はどこか感心したような声で告げてから、それまで味噌に注いでいた視線を左右に振り、すぐに次の標的を見つけた。塩、砂糖、マヨネーズ、各種スパイス、次々に指さされて頭にある限りの知識を絞り出す。

　昨日から感じてはいたが、彼の問いに答えるのはなんだか楽しかった。この生活が当たり前になっている自分では、醬油と味噌の違いに疑問を抱けない。

　いくつも飛んでくる問いに答えたり、時々一緒に考え込んだりしながら、籠を片手に店内を端から端までふたりで歩いた。必要なものをひと通り買いレジ袋に詰め込むまでに、一時間ほどはかかったと思う。

　そんなすべての場面で、志乃は目立っていた。長い黒髪を揺らして歩く美貌の男が、人々の興味を引かないはずもない。しかも隣の平凡な若造に、なにやらしきりに問いかけているのだ。

　まわりの目には、自分たちはどんな間柄に映るのだろう。想像しようにも、不釣りあいに見えるよな、くらいしかわからない。

　帰宅後、買ってきたばかりの食材を仕分けしながら、鮭《さけ》の切り身を片手に突っ立っている志乃に声をかけた。

「すみませんが、それは冷蔵庫に入れておいてもらえませんか？　ええと、その扉のついた箱は冷蔵庫といって、食品を低温で保存するものです」

　お願いついでに説明すると、志乃は「なるほど」と言い頷いて、冷蔵庫を開き鮭をしまってから続けた。

「山を下りてから一日二日しかたっていないのに、人間の暮らしには驚かされてばかりだ。自動車、電車、冷蔵庫。私が考えていたより人間は賢く、知識を活用することに長《た》けている。この地はやはり便利だ」

「便利だからいいってわけじゃないですけどね。道路や線路がいっぱいあっても、都会は雑然としていて緑も少ないから、たまにさみしく感じたりもします。そんな気持ちになってしまうときは、自然の中にいるほうが落ち着くかもしれません。どっちにもいいところがあるってことでしょうか」

「そうか。智基らしい見解だ」

タマネギやら人参やらを調理スペースに並べながら応じたら、そんなふうに返されたので、つい首を傾げた。それほど変わったことを口に出したつもりはなかったが、志乃には自分らしい発言に聞こえたのか。

「智基。このあとはなにをする？」

隣に立った志乃からそう訊ねられて、首をひねるついでに手も止まっていたことに気がついた。食材に埋もれているカレールウの箱を摑み出し、パッケージを志乃に見せて答える。

「カレーライスを作ります。これは小麦粉や香辛料を固形にしたもので、具材を煮たところに加えるだけで簡単にひと品できます。昨日の晩飯はちょっと質素でしたから、今夜はがっつりしたものを食べましょう」

「カレーライスか。興味がある」

「志乃さんが昨晩より楽しめるように、旨いやつを作りますよ。さすがに小麦粉を炒《いた》めるところからはやりませんけど、こういうものもありますからお任せください」

腕まくりして志乃に告げてから、さっそく食材を手に取った。肉や野菜を切り、順に深型のフライパンに放り込んでいく。

ずっと多忙な父親とふたりで生活してきたし、大学生になってからはひとり暮らしなので、この手のものを作るのには慣れている。素人でもおいしく仕上がるように設計されたルウがあるのだから、そんなに大きく外すことはない、と思う。

具材を炒め次に煮込んでと、着々とカレーを作っていく智基の姿を、志乃は黙って観察していた。フライパンの中身が少しずつ完成形に近づいていく過程が面白いのか、興味津々といった目をしている。

具材を煮ているあいだにレタスをちぎって簡単なサラダを作り、皿に盛りつけて完成したカレーライスとともにテーブルに並べた。スプーンと箸を置いて志乃を促し、向かいあって座る。

昨晩とはおもむきの異なる料理を前にして、志乃は好奇心を刺激されたようだった。智基とほぼ同時に「いただきます」と食前の挨拶を口にしたのち、少しのあいだ黙ってテーブルをじっと見つめてから、顔を上げて智基に訊ねる。

「煮るという工程で肉や野菜は徐々に変化し、こうした状態になるのか。昨夜食べた味噌汁の油揚げとはまた雰囲気が違い、ずいぶんと存在を主張している。口に入れたときの感覚が知りたい。どのように食べるものだ？」

「火傷《やけど》しなければ好きに食べていいと思いますけど」

一応そう前置きをしてから、一般的なところを説明した。カレーライスはスプーンを使う。白米はカレーと一緒に食べるとおいしい。サラダは塩やヨーグルトをかける場合もあるが、ドレッシングで味をつけるひとが多い。その程度だ。

志乃は頷きながら聞いたあと、さっそくスプーンを手に取った。まずは大きめに切った人参を口に運び、続けて肉を食べ、慎重に味わったのちに感想を述べる。

「中に入っている具材が大きいためか感触がはっきりしている。味は人参と肉で異なるものの、調和が取れているように感じる。それから、全体的にほどよい刺激があって快い。昨日の食事も面白かったが、カレーライスとやらも気に入った。これを人間は旨いというのか？」

「作った自分が言うのもなんですが、その通りです。必要だから食料を摂取するというのもありますけど、旨ければ食事自体を楽しめるでしょ」

「そうか。智基の作るものは、旨い」

シンプルに褒められて、ぱっと心が華やいだ。自分ひとりのために料理をするのは味気ないが、誰かが食べてくれるなら、しかもおいしいと言ってくれるのならば包丁を握るかいもある。

志乃は次にじゃがいもを口に運び、じっくりと味を確認した。それから、いくらか溶けているタマネギを食べ、予想外の食感だったのか僅かばかり驚いたような顔をする。その全工程で彼が独特の食

センターカラー
茶渡ロメ男
桃尻ひばり
★ルチルレーベル連動
書き下ろし&描き下ろし
小冊子応募者全員サービス実施!!
★大好評連載陣
山田ユギ
三田織
山本小鉄子
テクノサマタ
葉芝真己
あきちはや
あずみ京平
カスカベアキラ
ARUKU
多賀タイラ
一樹らい
野木薫
牧コチコ／芥
吹山りこ／秋葉東子
三池ろむこ／縞ほっけ
ZーYO／山葵マグロ
平喜多ゆや／如月弘鷹
★ショート
ナナキシコ
★本誌初登場
りんこ＋三原しらゆき
★最終話
富士山ひょうた／麻々原絵里依
◎表紙 山田ユギ
◎ピンナップ 日高ショーコ
ルチル
Boy's Cute and Sweet Magazine
RuTiLe
2023年9月号
定価950円
大好評発売中!!
◆奇数月22日発売◆隔月刊
(応募者負担あり)
表紙イラストQUOカード応募者全員サービス
最新情報はこちら→「ルチルポータルサイト」
https://rutile-official.jp

巻頭カラー
★初登場&新連載
ぎり1000米、
待望の書籍デビュー。
が、
とかす。
十年ぶりに王都へと戻った
魔術師・アーベルは、ある週末、
見回り中の騎士・クレーレと出会う。
共に過ごす時間を重ね心には
温かな期待も羽ばたき始めるが、
失意のなか夜を数えるように
過ごしているアーベルにとって、
クレーレはどうしようもなく眩しい存在で……。
ill:星名あんじ
●四六判●本体価格1,400円+税
『今夜だけ生きのびたい』

レポを披露するものだから、聞いているこちらがなんだか愉快になってきた。

　いままで当たり前のものとして生活の中にあった食事という行為も、実はなかなかに奥が深いものだ。目の前にいる男からそんなことを教えられている気がした。

「志乃さん。こっちの、サラダも試します？　生の野菜も旨いですよ。これはスプーンで掬うのは難しいんで、おれは大抵の場合、箸を使っています。フォークでも食べられるから無理にとは言いませんけど、志乃さんも箸、持ってみますか？」

　カレーライスを綺麗に平らげた志乃に訊ねると、「持ってみる」と即答された。好奇心なのかチャレンジ精神なのかその両方なのかはわからないものの、彼のこうした前向きな姿勢は気持ちのよいものだと思う。

「じゃあやってみましょう。いやになったらやめていいですからね」

　気楽に挑んでもらえるようにとそう言ってから、自分の箸を取りあげた。真剣な顔をしている志乃に見つめられつつ、右手で形を作る。

「箸は二本使います。こうやって片手で持って、食べたいものを挟んで、口まで運びます。最初は難しいかもしれませんけど、まずはおれの真似をしてみてください」

　できるだけわかりやすいように持ちかたを示し、ゆっくりと動かしてみせたら、志乃はひとつ頷き智基に続いて箸を手にした。右手に持った箸の形は大まかには合っているものの、細かなところまでは整っていない。

「大体いいと思います。でもちょっとだけ直したほうが使いやすいかも。上にくる箸は親指と人差し指、中指で持って、下は親指の付け根と薬指で支える感じ……そう！　上手です」

最初から完璧に箸を使えるひとなんていないし、それを求められれば誰だって嫌気がさすだろうと、なるべく簡単に説明した。志乃がその通りに箸を持ってから、次にものの挟みかたを教える。

「動かすのは上の箸だけでいいです。下は固定です。とりあえず食べられればいいので、はじめから綺麗に使えなくたって問題ないですよ」

「なるほど、把握はした。しかし葉が逃げる」

「上の箸を上下させて摑むってイメージで……そうそう！　ちゃんと摑めてます、あとは口に入れるだけ！」

テンションを上げて鼓舞すると、志乃はひとつ頷き、智基のアドバイスに従い不器用ながらもレタスを口へと運んだ。初の挑戦にしては上出来だと、つい息を詰めて見つめる自分まで嬉しくなってくる。

ひと口ふた口サラダを食べ、ここでも少しのあいだ無言でしっかり味わってから、志乃はこんな感想を述べた。

「煮たものとは異なり、生の野菜はずいぶんと嚙みごたえがある。どちらもよいものだ。それから、この箸という道具はスプーンよりも自由がきくので、小さな具材も食べやすい。慣れが必要だが」

「今日はじめて箸を持ったのにレタスが摑めるなんて、すごいです。志乃さんならすぐに慣れます。

よかった、これで食べられるものが増えますね！」

湧いた感情を隠さずに弾んだ声で言うと、志乃は満足そうにまた頷いた。そんな彼の姿を見て、じんわりと心があたたまる。神様相手にこんな表現をするのも畏れおおいが、ひとつひとつ作法を学んでいく子どもの成長を見守っているような気持ちになった。

ずっと人間に好意的な興味がなかったらしいこの神様は、頑固なのでも意地悪なのでもなく、ただただ純粋で素直なのだと思う。だからこそ、自然を敬わない一部の人間のふるまいから、ひとは身勝手だと判断し関わらずにいた。

しかしいま、すべての人間が身勝手というわけではないのかもしれないと真摯《しんし》に考え、山を下りてきた。そしてひとの生活を知ろうと積極的に経験を積んでいる。

新たな発見をするたび感心し自身の中に落とし込もうとする態度や、なににでもポジティブに挑戦する姿勢は、見ているひとの気持ちまで前向きにするものだ。彼のためにできることがあれば手を貸したい。そんな思いが自然と湧き出してくる。

時間をかけて夕食を摂ったあと、山を下りてから風呂に入っていない志乃のために、バスタブに湯を張った。普段は朝か夜にシャワーを浴びるだけですませることが多いが、せっかくはじめてのバスタイムを体験するなら、のんびり湯に浸《つ》かったほうがいいだろう。

「志乃さん。風呂に入ってみませんか？　お湯に浸かれば気持ちいいですし、身体を洗うと気分もすっきりします。大抵のひとは風呂に入りますから、いやじゃなかったら志乃さんにも経験してもらいたいです」

浴室前の脱衣室から顔を出して声をかけると、志乃は興味を持った様子で立ちあがった。すたすたと歩み寄ってきた彼に、浴室のドアを広く開けて中を見せる。

「ええと。このボトルの上部を押すと泡が出てくるので、そこにあるボディタオルに取って身体を優しく擦《こす》ります。こっちのボトルは髪を洗うものです。これも泡で出てきますから、手に取って髪につけて、指の腹で頭をマッサージする感じで」

さすがに一緒に入るのはためらわれたため、ボディソープやシャンプーの使いかたを懇切丁寧に説明し、志乃に部屋着を渡して脱衣室のドアを閉めた。ちゃんと洗えるだろうかとはらはらしつつ待つあいだに、夕食に使ったふたり分の食器を洗う。

そうこうしているうちにバスルームが静かになり、風呂上がりの志乃が戻ってきた。知っているシャンプーの香りが漂ったので、とりあえずなすべきことはしてきたようだとほっとする。

洗い立ての長い髪の先から水滴が落ちるのを見て、少し悩んでから声をかけた。

「髪、おれが乾かしましょうか。ドライヤーを使うのは、志乃さんにはまだ早い気がします。ええと、これくらいの大きさの、温風が出る機器があるんですけど、慣れないと髪が傷んじゃいますし。せっかく綺麗な髪なのに、ぼさぼさになっちゃったら哀しいですから」

「髪を乾かすだけならば、力を使えばできるが」

「なるほど……でも、ここはあえて神様の力を使わずに、ひとと同じようにドライヤー試してみません？　おれなりにうまく仕上がるよう頑張りますので」

　重ねて申し出ると志乃は納得したらしく、「では頼もう」と応えテーブルの前に座った。棚から取り出したドライヤーとブラシを手にその後ろに膝をつき、そこでなぜか少しどきりとする。

　風呂上がりの香りに、つやつやと濡れた漆黒の髪。人間との関わりを断っていた男が自分にだけは見せる、無防備な背中。

　昨日彼を連れ帰るまで、確かにさみしさを感じていたはずだ。しかしいまの自分は、好奇心旺盛で案外素直な神様と一緒にいて、心に冷たい風が吹くあの感覚を忘れかけている。それどころか、こんなふうに身を任され、少しずつ彼に近づけているような嬉しさと胸の高鳴りを覚えている。

「……志乃さん。熱かったら言ってくださいね。じゃあ髪触りますよ」

　密かに深呼吸して鼓動を落ち着かせ、ドライヤーのコードをコンセントに差した。右手に握ったドライヤーで慎重に温風を当て、左手で掬った長い髪を乾かしていく。自分の髪であれば乾燥さえすればどうでも構わないが、こんなに美しい黒髪を傷めるわけにはいかない。

　八割方乾いたところでいったんドライヤーを切りブラシを使っていると、温風がうるさかったためかそれまで黙っていた志乃が口を開いた。

「熱い水に浸かるというのは新鮮だったし、泡で身体や髪を洗うのも面白かった。人間の姿をしていると新たに体験することが増える。食事や睡眠、風呂。どれも興味深い」

「興味深いならよかった。こうやって、ちょっとずつひとと同じ経験をすることで、志乃さんにおれたちを知ってもらえたら嬉しいです。ここでの生活を志乃さんが楽しんで、ひとを好きになってくれたら、もっと嬉しいです」

　仕上げに黒髪に冷風を当てながら返し、そこで、二日目にして早くも自分こそが彼との暮らしを楽しみはじめているのを自覚した。どきどきしたりはらはらしたり、さみしさや悩ましさとは違うそうした心の動きは、気持ちが沈んでいたら起こらないものだろう。

　志乃とともにすごす時間はきっと、自分にとって、心地よく快いものになっている。

「はい、完成。ちゃんと綺麗に乾きましたよ」

　コンセントから抜いたドライヤーのコードをまとめながら声をかけると、志乃は自身の髪に触れて「智基は機器の扱いに長けている」と応じた。ドライヤーなんて慣れれば誰でも使えるようになるものだが、自分なりに最大限気をつかって志乃の髪に触れたので、褒められればもちろん嬉しい。

　彼が宮神山へ戻るまでの一か月強、こうした日々をくり返せば、神様にも人間の生活の一端が見えてくるだろう。食事や睡眠、風呂。そんな、ひとが生きていくうえでの当たり前の行為に、志乃が楽しみを見出《みいだ》してくれるといいと、彼の背を見つめ改めて願った。

　そうしてここでの暮らしを満喫したのちに、人間嫌いだった神様が、ひとを好きになってくれるといい。

その翌日は大学のあとにアルバイトの予定が入っていた。勉強もかね、個人経営の音楽教室で助手として働いているのだ。

智基が教室に出向くのは、広く音楽を学ぶ子どものグループレッスンで声楽の授業があるときだ。グループが複数あるため、曜日や時間帯はまちまちだが週に数度は通っている。

音楽教室が智基をアルバイトとして雇っているのは、先生が女性なので男声も欲しいから、ということらしい。彼女と亡き父親はよい友人だったようで、彼の息子である智基に助手をしてくれないかと声がかかったのだ。

その日のアルバイトは比較的早い時間帯だったため、大学での自主練習は短く切りあげた。学校から真っ直ぐ音楽教室へ行って子どもたちとともに歌い、レッスン後に近道を通って自宅へ戻る。

まだ空も明るい時間に帰れたから、先日決意した通り今日は志乃のための服を買いにいこう。自分の持っている服はラフなものがほとんどで、端整な美貌を持つ志乃には似合わないのだ。そもそもサイズが合っていない。

あのときも考えたように、いつまでも志乃にそんな格好をさせているのはなんだか申し訳ない気がした。それに、そうそうお目にかかれないほど優れた容貌をしているのにちっとも活《い》かさないなんて、もったいないとも思う。彼の美しさに見合う服を着てもらいたい。

ひとり部屋で待っていた志乃を誘い、一緒に街へ出た。普段着だからフォーマルは選択肢に入れないが、それなりにきちんとしたものがよかろうと、いくつかアパレルショップをはしごして彼に釣りあう服を何着か見つくろう。

「身なりなどどうでもよいだろうに。人間はこうしたものにここまでこだわるのか？」

　智基と店員にかわるがわる試着を乞われた志乃が、その場でタグを切ってもらった新品の服を着て道を歩きながら、そんな問いを口にした。この男はやはり自身の美しさをまったく把握していないのかと嘆息し、隣を歩く彼に言い聞かせる。

「あなたは格好いいんだから、それなりの服を着るべきなんですよ。美貌の無駄づかいはよくないです」

「なにが無駄づかいなのかわからないが、それなりの服とやらを着るのが人間の作法なのか。ならばこれもひとつの経験として、智基の指示に従っておこう」

「はい。ここはおれに任せてください」

　言葉通りまるでわかっていないらしき志乃に、それ以上の説明はせず短く返した。いまなにを言っても、山から下りてきたばかりの神様には理解できまい。

　衣服を買いに店を回るという現在の行動は、志乃のためというよりほぼ自分のためだという自覚はある。実際、彼の言ったように服なんてなにを着ていてもいいのだ。似合わない衣類を身につけさせているのは彼に申し訳ないしもったいない、美しい神様に相応しいものを用意したい、などと思うのはおのれの自己満足だろう。

しかし、そうした感情を告げてどうか似合う服を着てくださいと頭を下げても、彼は首を傾げるだけに違いない。だから端的に、一任してくれ、と頼むのがいまの最適解だ。

志乃の服を選ぶのは、楽しかった。自分好みに神様を着せ替えすることにちょっとした罪悪感は湧いたが、整った容姿に釣りあう装いの、より美しい彼を見られる嬉しさで掻き消えた。

自分もこれまで、場面に合ってさえいれば誰がどんな格好をしていようとどうでもいいと考えるタイプだった。なのにこんなふうに楽しんでいるのはきっと、志乃に好感を抱きはじめているからなのだろう。好ましい男が好ましい身なりをしているのは、なかなか心嬉しいものだ。

明るかった空も暗くなるころには、志乃用の雑貨も含め必要なものはあらかた入手できた。腹も減ったことだしファミリーレストランにでも寄って帰ろうかと、道の左右に並ぶ看板を眺めつつ足を進めていたら、途中で、横に広がりのろのろ歩いている柄の悪い青年たちに行く手を塞がれた。

大声で談笑している彼らには、通行人を邪魔している自覚はないのかもしれない。というより、そんなことは気にしていないのか。

追い越す隙間もないし、無理して通り抜けて難癖をつけられるのも御免被りたい。しかたがないから彼らの後ろをのんびり歩こうと諦めた智基の隣で、不意に志乃がよく通る声を発した。

「そこのもの。ほかの人間の邪魔になっている。迷惑なので道を空けるように」

正直、少々驚いた。誰にいつ、なにをされるかわからないこの時代、面倒な輩《やから》に出会った際にはできるだけ刺激せずやりすごすのが世間の定石だ。見知らぬ複数の青年に怯まず声をかけるという行為は、なかなかに大胆だと思う。

「志乃さん……！　ひ、控えめに」

　つい志乃のシャツの裾を引っぱり小声で訴えたが、彼は意味がわかっていないようだった。不思議そうにちらと智基に目を向けはしたものの、その視線はすぐに前方の青年たちに戻る。

　この男はつい数日前に山から下りてきたばかりの、神様だ。事なきをえるために正当な文句をのみ込むなどという、ひとのあいだに浸透している無難な行動は知らない。だから、考えたことはそのまま声にしてしまうのだ。

　青年たちは談笑を止めて振り返り、志乃の姿を見てはっとしたような表情になった。小さく謝罪を口にし、そろって道の端に寄る。見るからに厄介そうな集団なのに大人しく従うとは、とこれにも少々驚いた。

　志乃は、智基とともに彼らを追い抜いてから、感心したように言った。

「人間は他者から指摘を受ければ、素直に態度を改めるのか。よい心がけだ」

　単に彼らは志乃のただならぬ美しさと堂々とした雰囲気に気圧《けお》されただけかもしれない、とは思ったが、そう告げたところで自身の見目や印象に無頓着な彼には理解できまい。いくらか悩んでから、かわりになるべくわかりやすい表現を選んでひそひそと注意を促した。

「そんなふうに考えてくれるのは嬉しいんですけど、いい心がけのひとばかりじゃないんで、気をつけてくださいね。正論で突っついて、刃物とか取り出されたら危ないですから」

「人間は多様ということか？　刃物くらいはどうとでもなるが覚えておこう」

　ちゃんとわかっているのか微妙な反応に、いまはこれ以上説明しても無駄、というよりしないほうが賢明かと口を閉じた。なにせ神様なのだから、どうとでもなると言うのならその通りなのだろう。危険がないのであれば自分が口を酸っぱくするより、彼が肌身で感じたほうがいい。

　こうしてひとに交じり生活していれば、志乃にもそのうち人間のよい面、悪い面が見えてくる。それはきっと、他人が言葉で教えるのではなく、彼自身の目で見極めないとならないことだと思う。

　その後、街角にある安いファミリーレストランに寄り、ふたりで夕食を摂った。志乃は智基が注文した品を食べ終えたあと、食後のコーヒーを飲みつつこんなふうに感想を述べた。

「昨夜智基が作ったカレーライスとやらは、旨かった。しかしいま食べた料理もまた異なる味わいがしてよいものだ。似たような材料を使っても、作るものによって仕上がりが変わるのか」

「そうですね。店によって結構味は違いますけど、どこも旨いと思いますよ」

　コーヒーカップに唇をつけているあいだに少し考え、単純にそう返した。世の中には安いファミリーレストランの飯なんてと馬鹿《ばか》にする層もいるようだが、この男はこんなに安価な食事でも自身の感覚で評価し、よいものはよいと認めるらしい。

　気取りもなくもったいぶりもせず、感じたことをただ口に出す。簡単なようでいて、なかなかできるものではない。

　智基も含め、現代を生き抜く人々は、まわりを気にして本心をのみ込み当たり障りないふるまいをしがちだ。だからこそ、志乃の言動はいやに新鮮で、かつ気持ちがよかった。
彼のように正直に、素直にあれるのはとても素敵なことだと思う。

コーヒーを飲み終えて店をあとにし、衣類や雑貨の入った紙袋を両手に提げて自宅に戻った。志乃に似合う服も手に入れたし腹も充《み》ちた、満足な一日だ。

食事や睡眠を覚えた。街も歩いた。川の神様は順調に人間の生活になじみはじめている。とはいっても、毎日のように日中彼ひとりを部屋に残しておくのはいささか心配だ。ここ数日は問題なかったものの、想定外の変事が起こったら、いまの彼には対処できまい。緊急時の連絡手段を確保したほうがよいだろう。

確か携帯電話のサブ機がこのあたりにあったはずと、志乃に背を向け文房具の詰まっている棚に右手を突っ込んだ。数年前に機種変更をしたとき、それまで使っていた端末を音声通話専用のサブ機にしたのだ。古い型だが話をするだけなら支障ない。

ペンやメモ帳を掻き分けて、ようやく見つけた端末を掴み振り返る。そうしたら、なぜか自身のシャツのボタンを外している志乃の姿が目に入り、驚きのあまり探し出したばかりの携帯電話を放り投げそうになった。

「な、なんで？　どうしました？」

「この衣服は少々布が硬くて、いまいち落ち着かない。上衣だけでも脱いだほうが楽だと思ったのだが」

　ひっくり返った声で問うた智基に、志乃は僅かばかり困ったような顔をして答えた。布が硬いとはどういう意味だ。混乱する頭の中で答えを探し、糊《のり》がごわごわすると言いたいのか、と思いいたってなんとか口に出す。

「の、糊が。新品ですから糊がきいてます。そういう形の整ったシャツって見た目も大事なので、型崩れとか皺《しわ》とかを防ぐために薬品で繊維をコーティングするんです。そのうちなじむんで大丈夫です。服は、着てましょう」

　微妙につかえつつも説明をすると、志乃は小さく首を傾げた。

「よくわからないが、脱がないほうがよいのか？」

「はい。はい。いまは落ち着かない気がしても洗濯すれば糊は落ちますから、今日のところはちょっとだけ我慢して」

　志乃の問いに何度も頷いて、頼み込むようにつけ加えた。意図せず早口になってしまったが、この場合はしかたがないと思う。

　宮神山で志乃の全裸は目にしていた。しかし、服を脱ぎかけの姿というのはなんだか余計に刺激が強い。やたらと鼓動が速まり、そんな自分にうろたえるが、彼は智基の動揺など気にしていない様子で「そういうものか」と言った。

一度は外したシャツのボタンを再び留める彼の姿を認めて、ようやくほっと吐息を洩らした。この男はなにも知らないだけで他意はないのだ。いきなり服を脱ぎはじめたからといっていちいち狼狽するな、とおのれに言い聞かせて胸の高鳴りを静める。

一番上までボタンを留めてから、次に志乃は、智基が片手に握りしめている携帯電話に視線を向けた。

「ところで、それはなんだ？」

「えっ？　ああ、ええと。これは携帯電話っていいます」

訊かれてようやく自分がなにをしようとしていたのかを思い出し、なんとか返事をした。緊急時の連絡手段として、志乃に携帯電話のサブ機を渡そうと考えていたのだ。

志乃に理解できるかできないかはさておき、このサブ機を差し出す前に、いつも通り仕組みは伝えるべきだろう。なにも教えず使わせても学びはない。ひとつ深呼吸して冷静な声を取り戻し、なるべく平たい表現で説明した。

「電波を利用して音声通話やデータ通信をする機器です。電波っていうのは電磁波のひとつで、空間を伝わりますから、無線でも長距離通信できます。つまり、離れた場所にいるひととも話ができるんです。おれも同じものを持ってますよ、ちょっと機能は違いますけど話せるのは一緒です」

「離れた場所にいるひととも？　では、こうしてそばにいなくとも智基と話ができるのか？」

原理を埋解したのかどうかはわからなかったものの、少なくとも好奇心はくすぐられたようで、志乃は智基の手もとをじっと見て訊ねた。この様子なら面倒がらずサブ機を受け取ってくれるのではないか。彼との連絡手段を確保するという目的は達せそうだ、とまた少しほっとする。

志乃の問いに「はい」と返してから、握りしめていた携帯電話を彼に見えやすいよう平らに持ち直した。

「だから、もしなにかあったときお互いに連絡が取れるよう、志乃さんもこれを持っていてくれませんか？　志乃さんはまだここでの暮らしに慣れてないし、あなたひとりで部屋にいてもらうのはちょっと心配というか、携帯があるとおれが安心できるんで」

「智基がそう言うのであれば持っておくが、私は携帯電話とやらの使いかたをまったく知らない」

「ですよね。じゃあ一緒に練習しましょうか」

尻ポケットから自分の携帯電話も取り出し、まずはサブ機に、ついでに自分の端末にもワンタッチ通話の設定をした。こうしておけばアイコンを一度タップするだけで相手につながるから、はじめて携帯電話を手にする志乃でも簡単に電話をかけられるだろうし、緊急時には自分もすぐに彼へ知らせられる。

「はい、どうぞ。ゆっくり説明するんで、わからなかったら言ってくださいね」

設定後のサブ機を志乃に渡し、興味深そうに携帯電話を見つめている彼に使いかたを教えた。こうして触ると起動する、ここをタップすると自分と話ができる、ひとつずつ指さして実践を促す。

志乃は素直に従い、智基の電話番号を登録したアイコンをタップした。途端に智基が手にしている携帯電話が鳴りはじめ、驚いたのか二、三度目を瞬かせて顔を上げる。

「私はこちらを操作したのに、智基が持っている携帯電話が音を発している」

「そうです。ここでおれがこっちの携帯に出れば、話ができます」

自分の携帯電話に表示されている着信画面を志乃に見せ、電話のマークをタップし耳に当てた。智基にならって端末を耳に押し当てた彼に、携帯電話越しに話しかける。

「志乃さん。ほら、携帯のほうからもおれの声が聞こえますよね。これで大丈夫。いまみたいに操作すれば、離れたところにいても同じように話ができますよ」

「なるほど。人間の文明というものは想像を超える。便利なものだ」

志乃は、携帯電話を耳に当てたまま感心したように告げた。こんなものはいまや誰でも持っているが、そう言われると遠方にいるひととも通話ができるというのは、実はすごいことなのかもしれない。新鮮な気持ちでそんなふうに考えた。

その後、着信への応じかたを再度丁寧に教え、今度は智基から志乃に電話をかけて、話ができることを確認させた。志乃は智基の説明を熱心に聞き、もう一度やってみよう、もう一度、と何回も携帯電話の操作を練習した。

志乃川の川辺で着衣姿になるのさえ億劫がった男だ。過去に見たこともなかった小さな携帯電話を操るのなんてさらに面倒だろうに、いまは途中で投げ出さず使いかたを覚えようとしている。そんな志乃の姿を眺め、ほっこりと心が和んだ。

人間嫌いだった神様は、その人間が生み出した文明の利器を厭わず、まずは触れてみることにしたようだ。そしていちいち感心しては、思うところを口にする。やはり素直で正直だ。

いつもはひとりきりで生活しているワンルームで、目の前にいる男と互いに電話をかけあいながら、ここ数か月忘れていた楽しさを感じているおのれを改めて自覚した。こうして志乃と一緒にいると、自分の歌声に抱いている悩みも忘れてしまいそうだ。


志乃が次に興味を持ったのは、料理だった。数日で食事の楽しみを学んだ神様は、今度はそれを作ってみたくなったらしい。

「私も智基のように、旨い飯を作成したい」

携帯電話のサブ機を渡した翌日の夕刻、大学から戻りさっそくキッチンに立ったら、志乃からそう声をかけられた。少々びっくりはしたものの、彼はもっと人間の営みを体験したいのだなというのはわかったので、驚きは隠して答える。

「そうですね。ちょっとずつ慣れていけば作れると思いますよ。試しにやってみます？」

「やる」

はっきりと頷いた志乃の決意は固いようだ。ではどこから教えればいいのだろう。危ないから最初は包丁を使わないものがいいか、と考え、冷蔵庫から生卵をいくつか取り出して言った。

「じゃあ、目玉焼きを作るところからはじめましょう。卵を割って、中身をフライパンで焼くだけです。シンプルだけど旨いですよ。焼きあがったら醤油や塩胡椒《こしょう》で味をつけて食べます。中にはソースとか、マヨネーズとかをかけるひともいるみたいですね」

「なるほど。智基、手本を見せてくれ」

隣に立った志乃からの要求に「はい」と応え、火にかけたフライパンに薄く油をひいた。フライパンがあたたまるまで少し待ち、右手に生卵を持って調理スペースで軽く叩き、殻にひびを入れる。

そのままフライパンの中央へ片手で割り入れると、卵の焼ける音と香ばしいにおいが広がった。白身、黄身と徐々に固まっていく卵を眺めつつもちらと目をやった先で、志乃はその様子をじっと観察している。

「簡単でしょう？　本当は一回ボウルとかに入れたほうがいいんでしょうけど、洗い物の削減ってことで大目に見てください」

黄身がほどよく固まった時点で目玉焼きを皿に載せ、志乃の前に置き完成形を見せた。そののちに次の生卵を手に取り、改めて手順を教えながら差し出す。

「卵を割るときだけ慎重に。最初は、殻にひびを入れたあとこんなふうに両手で持って、フライパンに入れるほうが楽かもしれません。そのうち自分がやりやすい方法がわかってきます」

「では、まずは両手でやってみよう」

　再度頷いて返した志乃は、僅かばかり緊張した面持ちで卵を受け取った。見よう見まねで殻にひびを入れ、智基が説明した通り両手でフライパンの中央に割り入れる。

　フライパンに広がる卵は、うまくいけ、と智基が腹の中で念じたのとは裏腹に、黄身が破れていた。不格好な形に固まっていく卵をふたりで見つめつつ、志乃の唸るような声を聞く。

「難しいものだ。料理という作業には思っていた以上の繊細さが求められるらしい。それをいとも簡単にやってのけるとは、智基は器用だ」

「慣れですよ。志乃さんもすぐに綺麗な目玉焼きが作れるようになりますから、大丈夫。黄身が破れてたって食べれば旨いですし、このくらいは誤差です、誤差！」

　志乃が落ち込まないようにとあえて明るく言い放ち、焼きあがった卵をもう一枚の皿に載せた。それから元気よく冷蔵庫を開け、朝炊いた残りの白米を取り出す。

「じゃあ次です。この、冷やして保存してある白飯をあたためましょう。炊きたてのほうがおいしいですけど、夜とかは時間がないことも多いので、おれは余裕のあるときにまとめて炊いて、冷蔵庫や冷凍庫に入れておきます」

「その冷えている米をあたためるのか。やってみよう。どのようにすればいい？」

「電子レンジを……ええと。そこにある、扉つきの箱を使います。電磁波を食品に照射して分子を振動させて、温度を上げる装置なんですけど」

すぐに理解するのは難しいだろうと思いながらも、常通り短く説明した。志乃はそれを聞き、少し考えるような間を置いて言った。

「携帯電話といい、この電子レンジといい、人間が生み出した数多《あまた》の身近な機器は、原理は複雑だが便利であることはわかってきた」

「はい。いろんな方面にそれぞれ詳しいひとがいて、知恵を絞って便利なものを作ってるので、ありがたく利用しましょう」

「知識や技術を分かちあおうとする姿勢はよいものだ」

志乃はひとつ頷き感心したようにそう述べ、智基の手から冷蔵保存しておいた白米を受け取った。それから電子レンジを覗き込み、好奇心でいっぱいといった調子で訊ねてくる。

「ではさっそく電子レンジを使用してみよう。この米を、これに入れればいいのか？」

機序《きじょ》がわかったのかどうかはさておき、昨夜同様志乃が電子レンジに興味を示してくれたのでほっとした。正直で素直な志乃川の神様は、思考が柔軟でもあるのだろう。

指をさし、ときには見本を示して、電子レンジの操作方法を順番にレクチャーした。扉を開ける、中央に食品を入れる、扉を閉めてこのボタンを押す。あとは放っておけば、調理終了を知らせる電子音が鳴るころにはほどよくあたたまっている。

「もう一品、サラダでも作りましょうか。このあいだカレーと一緒に食べた野菜です」

志乃は、小さな音を発している電子レンジを無言でじっと睨んでいたが、智基が声をかけるとすぐに振り向いて頷いた。まるで子どもに生活の術《すべ》をひとつひとつ教え見守っているみたいだと、いつかと似たようなことを思い、神様相手に不敬だがなんだか楽しくなってくる。

　指示した通りレタスを手でちぎっている志乃の隣で、キュウリを薄い輪切りにしていたら、感嘆の声が聞こえてきた。

「智基はやはり器用だ。刃物で植物をそうも薄く切れるのか」

「これも慣れですね。幼いころに母親を亡くしてからずっとひとり親だったんで、包丁を使う機会が多かっただけです。志乃さんも練習すればできるようになりますよ」

　器用だとくり返され、褒められているのだなと思ったら、やたらと照れくさくなった。智基の作るものは旨い。智基は機器の扱いに長けている。いつのまにか当たり前になっていた日々の行動をいちいち認められるのは、くすぐったくて、それから嬉しいものだ。

　ローテーブルに並べた目玉焼きとサラダ、白米を、黄身が破れているのもまた旨いとか薄いキュウリの食感が面白いとか言いあいながらふたりで食べた。そのあと、バスタブに湯が溜《た》まるのを待ちつつ一緒に食器を片づけて、今夜は智基が先に風呂に入る。

　次に志乃がバスルームを使っているあいだにさっさと寝支度をし、風呂上がりの彼をテーブルの前に座らせた。昨日、一昨日《おととい》と同じく丁寧に彼の長い髪を乾かしてから目をやった時計は、しかし寝るには早い時間を指している。

　さてなにをしよう。使用後のまだあたたかいドライヤーを片づけながら考えていると、背中から志乃に問いかけられた。

「それはなんだ？」

何度も聞いたフレーズに振り返ったら、文房具等の雑貨が詰め込まれた棚を指さしている志乃の姿が目に入った。彼が示す先に並んでいるのは、これだけは物理的に所有しておきたいと買い集めた何枚ものＣＤで、智基自慢のコレクションだ。

「そうだ。志乃さん、一緒に音楽鑑賞しませんか？」

よいことを思いついた、と前のめりに訊ね、志乃が答える前に続けた。

「この、ＣＤ……コンパクトディスクをそこの機械に入れると、音楽が聴けるんです」

「コンパクトディスク？」

「はい。レーザー光線をディスクに当てて、その反射を電気信号に変えて音を出すって仕組みです。楽器の演奏や歌声を生で聴くのには全然敵《かな》わないけど、音質はなかなかのものです。歌が好きならきっと楽しめますよ」

小さく首を傾げた志乃に説明し、頷きが返ってくるのを待ってから、ＣＤの背を見てどれをかけようかと吟味した。せっかく神様に音楽を聴いてもらうのなら、彼が満足できるものがいい。

悩んだ末の選曲は、プッチーニ作曲のオペラ。世界的に評価が高い声楽家が歌っている一枚を棚から取り出した。全国大会の課題曲で、自分はくり返し聴いているし、同じ曲を大学のレッスン室や練習室で歌ってもいるが、志乃は知らないだろう。

　居室の隅に置いてあるミニコンポにCDをセットし再生ボタンを押して、大きくも小さくもない音量に調節した。それから、テーブルの前に座っている志乃と直角になる位置で腰を下ろした。コンポに背を向けているのもおかしいし、志乃の隣に座るにはテーブルが狭い。

　曲名を訊ねるでも意匠の説明を乞うでもなく、志乃はしばらくのあいだ黙ってオペラを聴いていた。そののちに、いやにはっきりとした口調でこう述べた。

「あまり心に響くものがない」

「えっ。本当ですか？　高名な声楽家の歌なんですけど、技巧的ですごくないです？」

　志乃の感想に驚き、ついおかしな声を上げてしまった。志乃に満足してもらいたいと思案し手にした一枚は、彼のお気に召すものではなかったらしい。

　志乃はまたしばらく口を閉じ、真剣な表情で引き続きオペラを聴いてから、今度は小さく首を横に振り智基を見た。

「私は人間の奏でる音楽というものを、まだよく知らない。この歌声を技巧的だと智基が言うのであれば納得はするし、多くの人間に支持されているからこそ、これを歌うものは高名なのだろう。しかし私にはあまりよいとは思えない。私は、技巧のみではなく心で紡ぐ歌が好きだ」

　志乃が告げた意見に、唸った。技巧のみではなく心で紡ぐ。彼が言いたいことは理解しやすいようでいて難しかった。テクニックだけに頼らずおのれの感情に寄り添え、といった意味合いだとは思うが、ならばどうすれば彼曰《いわ》く心で歌を紡ぐことができるのか。

それはさておき、世界的な声楽家の歌を聴き、あまりよいとは思えない、ときっぱり口にする志乃には、なんだか妙な感動を覚えた。なにに対してもこの男の評価は自身に正直で遠慮がない。安いファミリーレストランの料理は認めるのに、高名な声楽家の歌には首を横に振る。

誰だって、多くのひとが褒め称《たた》えるものを好まないと評するのには勇気がいるものだ。たとえそれが本心であれまわりに迎合してしまう。そもそも、大勢が口をそろえてこれはよいものだと言えば、そうなのか、というバイアスが多少なりともかかるのが普通だ。

すっかり覚えてしまうほどに自分がこの一枚をくり返し聴いたのは、テクニックに磨きをかける一助になると判断したからだ。その点については間違っていないと思う。しかし、名高い声楽家の歌なら志乃も気に入るだろうと考えた今夜の自分にも、もしかしたらそういったバイアスがかかっていたのかもしれない。

しかし志乃は違う。おのれの感覚だけを信じ躊躇《ちゅうちょ》なく口に出す。彼自身は意識もしていないのだろうが、それはとても素晴らしいありかただ。誰にでもできることではない。

こんな男が自分の歌を快いと褒めてくれたのか。ふとそんなふうに思ったら、全身がむずむずしてきた。これは、よろこびの感覚だ。

自分の歌にはまだまだ満足していない。理想から遠く、納得できない。それでも、ほかの誰でもなく志乃に認められるのは、なぜか心が沸き立つくらいに嬉しかった。

では志乃は、どんな歌なら気に入るのだろう。彼の好む声が知れればなにか現状を打破するヒントが得られるのではないかと、曲にはこだわらずさまざまな声楽家が歌うＣＤを端からコンポに入れてみた。しかし志乃は静かに首を横に振るばかりで、なかなか頷きはしなかった。

彼の言う、心で歌う声楽家はこの中にいるのか。手持ちのＣＤもそろそろ尽きるころに、ならばこれはどうだと、智基にとっては特別な一枚を棚から取り出した。

それは、生前の父親の歌声が収録されているものだった。

志乃の評価を聞くのがなんとなく怖くて、あえていままで手にしなかった。しかしこうなると、一周回って知りたくなってくる。

幾ばくか緊張しながら再生ボタンを押したら、歌声が聞こえてくるのと同時に、スピーカーのあたりを見ていた志乃がふっと智基に視線を向けた。これまでとは違う色を宿した瞳にどきりとしていたら、彼は智基をじっと見つめてこう言った。

「この歌は、好ましい。魂を揺さぶられるような力強い声だ。情熱的で、逞しさを感じる」

どんな声楽家の歌声にもよい反応を示さなかった志乃が、はじめて好意的な興味を示したことに安堵と興奮を覚えた。自慢の父親の声は神様にも通用するのだと思い、誇らしさも湧いてくる。

志乃は少しのあいだ無言で真摯に歌に耳を傾けていた。それから、智基に目を向けたままこう問うた。

「智基と声の質感が似ているような気がするが、私の勘違いか？　どのようなものが歌っている？」

一瞬答えに詰まった。事実を告げればそれこそバイアスがかかるのではないか。しかし、志乃であればそんなもので見解を変えはしないと思い直し、正直に答えた。

「十数年前の志乃川で、あなたがおれと一緒に助けてくれた……亡くなった父親です」

「血縁か」

「はい。おれは子どものとき、声楽家だった父親から歌を教えてもらいました。似ているような気がするのは、そのせいかもしれませんね」

志乃は智基の返答に幾度か目を瞬《まばた》かせた。はっきりそうとわかる表情は浮かべなかったが、父親が声楽家であったことを彼に明かすのははじめてだから、驚いているのかもしれない。

そののち志乃はひとつ頷き、短く言った。

「そうか」

続きを待ってはみるものの、彼はそれ以上を語るつもりはないようだった。以降口を閉じてただ歌に聴き入っている。

似ている、か。彼と同様に黙って父親の歌声を聴きながら、心の中に複雑な思いが生まれるのを自覚した。尊敬する父親の歌を志乃が高く評価してくれたのは誇らしい。似ていると言われるのももちろん嬉しい。

しかし、似ているだけでは駄目なのだ。

「智基。音楽鑑賞とやらは終了か？」

うつむき考え込んでいたら、志乃からそう声をかけられ、はっと我に返った。どれだけの時間がたっていたのか、気づいたらＣＤの再生は終わっており、部屋は静かになっている。

「大変だ。夢中になってたらすっかり遅くなっちゃいました。ＣＤを聴くのはもう切りあげて、早く寝ましょう」

ひとり思い悩んでいたことをごまかすように、威勢よく立ちあがって応じた。志乃はそれについてはなにも言わず同じように腰を上げ、そこで不意に智基の腕を摑んだ。

強く引っぱられてよろめくと、支えるように腕を腰に回される。そのまま引き寄せられて驚いた次の瞬間には、唇を重ねられていた。

「ん……！　は……っ、あ」

動揺しているあいだに口の中を舐《な》め回されて、舌を探り出された。強く吸いあげられてくらくらと目がくらむ。

触れあう唇や舌の感触が生々しくて、鼓動が次第に速まっていくのを自覚した。押し返せも縋《すが》れもしない腕を中途半端に上げたまま、遠慮もなく唾液を啜っている志乃の美貌を、ただ見つめることしかできない。

緑色の瞳から目を離せないのはなぜだ。舌のみならず視線をも絡めあわせるくちづけに、心の中まで掻き回されているような気がした。

「は……っ、も、いきな、り、なんで、すか」

唐突なキスを解かれるころには、完全に息が上がっていた。途切れ途切れに詰ったところで、ようやく、彼とはじめて顔を合わせた志乃川の川原での出来事を思い出す。

あのときもこんなふうに、志乃から突然くちづけをされた。確か彼は、人間の姿を維持するためには対象のなにかを摂取しなければならない、というようなことを言っていた。つまりいまのキスも、同様の目的でなされたものなのか。

「こうして人間の一部を取り込み続けていないと、数日しかこの姿形を保てない。事前の許可が必要なのであれば、以降気をつける」

そっと腕を解いた志乃にそう告げられ、それ以上は文句を言えなくなった。少なくとも、行為のあとのふるまいははじめて川辺でこうされたときより丁寧だったし、そもそもワンルームマンションで龍の姿に戻られても困る。

「じ、事前許可制に、しましょう」

どうにかそれだけは主張して、頷く志乃を認めてからひとつ深呼吸した。この男にとってはキスに大した意味はない、だからこちらも動揺しなくてよいと、あのときと同じように自分へ言い聞かせてなんとか落ち着きを取り戻そうとする。

しかしやはり、一度跳ねあがってしまった鼓動はなかなか静まってくれなかった。

自分は、人間に興味を持ちはじめたこの神様に好印象を抱いているのだろう。溺れていたところを助けてくれたことに感謝もしている。不意打ちのキスを嫌悪するどころか、やたらとどきどきしているのはそのためだ。川辺でそんなふうにおのれを納得させたことを覚えている。

だが、それだけなのか。

いまの自分はあのときよりも、強いときめきを感じている。半ば困惑しながらもそう自覚せざるをえなかった。たった数日一緒にすごしただけなのに、正直で素直な志乃に対し、いつのまにかはっきりとした好感を抱くようになっていたのかもしれない。こうも胸が高鳴るのは、そのせいではないのか。

先にベッドへ向かう志乃の背を見ながら、もう一度大きく息を吸い、吐いた。せめてもう少し落ち着かないと志乃に不審がられてしまう。

それでもなかなか収まらない胸の高鳴りを持てあましつつ、布団をかぶった志乃の隣に、平静を装って普段通りに潜り込む。狭いベッドで背中合わせに横たわり、こんな状況でまともに眠れるのだろうかと密かに溜息《ためいき》をついてから、ぎゅっと目を閉じた。


案の定、翌朝の目覚めはあまりはっきりしなかった。一応眠れはしたものの少々睡眠不足だ。

しかし、歩いて向かった大学へつくころには、心身ともに大分すっきりしていた。朝陽の下で身体を動かすのは眠気覚ましにちょうどよい。

いつも通り午前中は一限、二限と座学の講義を受けた。学友たちと昼食を摂って午後はレッスン室で指導を受け、自主練習をしてから夕刻帰路につく。もう一度歌おう、もう一度だけ、と欲は湧くものの、あまり喉を使いすぎるわけにもいかないのでこれが限度だ。

さて今日は川の神様になにを見せようか。刻々と迫ってくる全国大会への勇みや焦りはいったん横に置き、気持ちを切りかえるためにもあれこれ考えて、ふたりで近くの公園を散歩しようと思いついた。

特になにかを言われたわけではないが、山から下りてきた志乃にとって、都会は自然が少なく味気ないものだろう。公園であればそれなりに緑はあるし、彼も楽しめるのではないか。

自宅のドアを開けた向こうで志乃は、智基がいつか聴きにいったクラシックコンサートのパンフレットを眺めていた。この楽器はなんだ、どうしてこんなに人間が集まっている、相変わらず矢継ぎ早に飛んでくる質問にひとつひとつ答えてから、「公園へ行ってみませんか」と誘って一緒にマンションを出る。

「智基。公園とはなんだ？」

「みんながゆっくり休憩したり、遊んだりするための場所ですよ。有料のところもありますけど、いまから行く公園は誰でも無料で気楽に入れます」

首を傾げながらも素直に隣を歩いてくれる志乃へ、公園について一から説明しているうちに、目的地についた。彼にも言った通り誰でもいつでも利用できて、一部の施設を除き基本的に無料で楽しめる、比較的規模の大きな公園だ。

何度かひとりで気晴らしに訪れたことはあるものの、これといって積極的な目的もなかったので、智基もあまり公園内に詳しくはなかった。はじめてちゃんと見た案内図によると、園内をぐるりと一周する散歩コースが用意されているらしい。それなりに広いので散策しがいはありそうだ。

「山では紅葉も終わりに近づいていたのに、ここはまだ彩り豊かだ。智基の住まいがあるあたりよりはるかに木々が多い」

周囲を見回し満足そうに言った志乃に、公園に来たのは正解だったと腹の中で自分を褒めた。平野部は山よりも紅葉の訪れが遅いため、十月終盤の公園はまさに見頃だった。

「さすがに宮神山には敵わないですけど、ここも悪くはないでしょう？」

「快い眺めだ」

問いかけに対して返ってきた志乃の短い答えに、自分もまた満足した。彼と同様にまわりをぐるりと見て、心が清らかになっていくような感覚に浸る。

公園内は、都会の中にあるとは思えないほど見事な景観を呈していた。常緑樹に交じり赤や黄に染まった木の葉が、視界に華やかさを添えている。

芽吹きの春や陽の眩しい夏、空気の澄み渡る冬も、各々によいところがある。しかし、秋に見るこの紅葉は、いっときだけしか味わえないからこそ、貴重で尊いものに感じられるのだろう。

とても綺麗で、気持ちがいい。ビルが建ち並ぶ街並みも決して嫌いではないが、自然の中に身を置いたときの心地よい解放感は、便利さに勝るかもしれない。

「空が赤い。山ではいつも眺めていたのに、下りてきてからはあまり注目していなかった。改めて意識すると美しいものだ」

ぽつぽつと来園者の姿がある散歩道をのんびり歩きながら、空を見あげて志乃が言った。たくさんの木々に囲まれた彼は、街中にいるときよりもリラックスしているように見受けられる。

「はい。美しい夕焼けです。おれ、夕方の風景が大好きでいつもうっとりします。特にこれくらいの優しい朱色だと、地上とのコントラストがとびきり映える気がします。今日は風も穏やかだし、散歩日和ですね」

彼と同じように空を見て大きく息を吸い込み、草木がもたらす澄んだ空気を味わってから答えた。志乃はそれになにを思ったのか、智基に視線を向けて目を細め「そうか」と言った。

あれはダリア、こっちはコスモスと花壇に咲く花の名を教えながら、なんとも平和な散歩を楽しんだ。ひとりで歩くのもそれなりによいものだと思っていたが、志乃とふたりでいるといつもより景色が鮮やかに見えるような気がする。

途中、ふと志乃が足を止めたのでつられて立ち止まり、彼の視線の先に目をやった。そこには、花壇の前で身を屈め楽しげに話をしている高齢の男女の姿があった。夫婦なのだろう。いかにも仲のよさそうな彼らは、自分たちと同じく花を見ているようだ。

微笑《ほほえ》ましい光景に気持ちが凪《な》ぐ。秋の夕陽が射す公園にふたりで花を愛《め》でる老夫婦、まるで優しい絵画みたいだ。つい見蕩れていると、志乃もまた同様にしばらく彼らを眺めてから、隣の智基にこう訊ねた。

「人間は花が好きなのか？」

「そうですね。好きなひとはたくさんいると思いますよ。例えば、みんなで集まって桜を観賞する花見なんて行事もあったりします。花だけを売ってるお店もありますし、草花を観察するための植物園なんかもあります」

「なるほど。自然を愛する心があるのは、よいことだ」

智基の答えに頷きそう続けた志乃は、花壇の前で笑顔を交わす彼らに好感を抱いた様子だった。また少しのあいだ黙り、それから、唐突に花壇のほうへ足を踏み出す。

「どのような花を好む？」

老夫婦に歩み寄って声をかける志乃を止める間もなかった。敬語を知らない彼に慌てて駆け寄り、先日と同じようにシャツの裾を引っぱる。

宮神山で聞いた限り、この神様は数千年は生きているらしい。だとしても見た目は若いのだから、志乃に悪気はないとはいえ、いきなり対等な口調で話しかけたら老夫婦に失礼だと思われるのではないか。

「すみません！　このひと、ええと、日本語にあまり慣れていないんです。言葉づかいとかまだ勉強中で」

ほかには思いつかず胡乱な言い訳をする智基に、老夫婦は優しく微笑んだ。気分を害したようでもなく「謝ることはないわよ」と言った夫人が、智基から志乃に目を移して先の質問に答える。

「お花はどれも好きですよ。でも、私はダリアが一番」

「なぜ？」

「四十年くらい前に旦那様からはじめてもらった花束が、ダリアだったの。そのとき私、このひとと一緒になろうと決めたんですよ」

　重ねられた志乃の問いに夫人はそう返し、隣で話を聞いていた男性とくすくす笑いあった。なんとも可愛らしいエピソードとふたりの仲睦《むつ》まじい様子に、さらに心があたたまる。

「四十年前。以降ふたりは一緒にいるということか？」

　志乃が首を傾げると、それまで黙っていた男性がからりとした口調で答えた。

「そうだよ。夫婦だからね。うちのかみさんはこう見えて気が強いから時々口喧嘩《げんか》もするが、まあ振り返れば可愛いものだ」

「喧嘩をしてもそばにありたいと？」

「喧嘩するほど仲がいいとも言うだろう。うちら夫婦はそういうやつだよ」

　男性の返答にますますの疑問を持ったのか、志乃は不思議そうな顔をした。これはいつものごとく質問責めにするパターンだと、彼のシャツの裾をもう一度引っぱり注意をそらさせる。

　振り向いた志乃に散歩道へ戻ろうと指で示し、老夫婦に「お話を聞かせてくれてありがとうございました」と丁寧に礼を述べた。にっこりと笑ってくれたふたりに頭を下げ、志乃を促し彼らから離れる。せっかくのデートをあまり邪魔するのも申し訳ない。

「人間にとって四十年は長い時間なのだろう？　その間あのものたちは、たとえ諍《いさか》いがあってもともにいたのか。なぜだ？」

　再び散歩道を歩き出した志乃がそんなふうに訊いてきたので、これはちゃんと説明してあげたいと、慎重に言葉を選び答えた。

「愛しあっているからでしょう。愛するって、欠点も含めてお互いを尊重し、心から大事に思うってことです。相手の気持ちを重んじ大切にしていれば、喧嘩してても仲直りできるし、結果的に絆《きずな》が深まったりもします。そうやって愛情で結ばれたふたりは、ずっと一緒にいたいと願うものですよ」

「なるほど。尊いものだ」

　志乃はまず短く応じ、それから、少しの間のあと足は止めずに続けた。

「記憶も霞《かす》む数千年前から川にいたが、私はそのような、他者と一緒にいたいという感情を抱いたことがなかった」

「そうなんですか？」

「しかし、いまなら少しはわかる気もする。智基のおかげなのかもしれない」

　志乃がなにを言わんとしているのかが把握できず、すぐには返事ができなかった。つい隣の志乃に目をやると、彼は智基には視線を返さず前を向いたまま、こう告げた。

「ともに食事や睡眠を取る。会話をする。そういった、智基がそばにいる空間、時間は快い。一緒にいたいと感じる」

「……え？」

思わず間の抜けた声を洩らしてしまった。それから、いっときの当惑が去り、彼の発言の意味をじわりと理解して、胸のあたりが熱くなった。

湧きあがったのは紛れもなく嬉しさだった。この男はつまり、自分と生活することで誰かのそばにいる快さをはじめて知った、だから自分とともにいたいと感じてくれているのだろう。志乃がいまの暮らしに楽しみを見出し、なおかつ一緒にいたいと口にしてくれるなんて、こんなに嬉しいことはそうそうない。

込みあげてきた自分の感情もきちんと伝えたほうがいいと、志乃と同じく前へ視線を戻してから口を開きかける。しかしちょうどそのとき、すぐ横を前方に走り抜けていった少年が、小石にでもつまずいたのか派手によろめく姿を認めたものだから、声が引っ込んでしまった。

智基が咄嗟に大きく一歩を踏み出したところで、向かいからスーツ姿の若い男性が駆け寄ってきて、少年の身体を抱きとめた。一緒に歩いていたわけではないから身内を助けたのではなく、反射的に身体が動いた、といったところか。

危うく転びそうになってびっくりしたらしく泣き出した少年を、鞄を地面に落としたまま男性が宥める。その姿を見て、なんて優しいひとだろうとひどく感動してしまった。服装から見るに会社帰りだ、彼だって仕事で疲れているはずなのに、自分を二の次にして少年を落ち着かせようと懸命になっている。

見える範囲では、散歩道にはたまたまほかにひとがいなかった。自分も駆けつけ少年を宥める彼の手助けをしたかったが、ここでまた別の他人が声をかければ余計に少年を驚かせてしまうかと、すぐに近づくのはやめておく。

「智基」

「いまはお静かに。すみませんけど、志乃さんはちょっとここにいてくださいね」

隣から声をかけられたので、ひそひそと返した。少しのあいだ彼らを見守り、少年の表情が和らぐころを見計らって、志乃をその場に残しそっと歩み寄る。志乃はとにかく目立つし、神様だけあってどことなく威圧感があるのだ。こんな男が近づいてきたら少年が身構えてしまう。

「大丈夫ですか？」

小声で男性に訊ね、「大丈夫です」という答えを聞いてから、彼の鞄から散らばった財布やキーホルダーを拾い集めた。離れた場所にいたのか、そこで背後から少年の母親らしき女性が名前を呼びながら走ってきたので、迷子にはならなそうだと胸を撫《な》で下ろす。

スーツ姿の男性に拾い集めた鞄の中身を手渡して、智基に言われた通り黙って散歩道の真ん中で待っている志乃のもとに戻った。男性に何度も頭を下げている母親の姿を目にし、改めて安堵しつつその場を去る。

「人間は、他者に危機が迫ると助けるのか？」

彼らとの距離がいくらか開いてから、志乃はどこか感心したような調子で智基にそう問うた。これもまたちゃんと答えるべき質問だと、老夫婦について説明したときと同じく丁寧に伝えた。

「そうですね。大抵のひとは、誰かが困っていれば助けようと感じると思いますよ。場合によっては勇気がいるときもあるから、実際行動できるかどうかは別として。もちろん、全員がとは言えませんけど。他人なんて心底どうでもいいと考えてるひともいるでしょうし」

「なるほど」

志乃は再度、まずは短く応じ、そのあとなにかしら考えているような間を置き続けた。

「智基とともにいて、人間がどういう生き物であるか少しずつわかってきた。注意をすれば聞き入れる、自然を愛でる、互いに尊重しあう。また他者を助けもする。川を汚すものがいる一方で、そうした感心すべきものもいる。どうやら人間とは、個々が違う思考を持ち異なる行動を取る種のようだ」

「はい。いろんなひとがいますよ。真っ直ぐなひと、ひねくれたひと、優しいひと冷たいひと、みんなばらばらです」

「であれば、総じて身勝手だと決めつけていた私が浅慮だったか。人間は十把《じっぱ》一絡《ひとから》げにしてよいものではないのだろう」

川の神様の中にあった、数千年で根付いた人間への認識は、山から下りてきて人々を観察しているうちにじわじわと修正されているらしい。夕刻の散歩道にちらほらと見えるひとたちを、穏やかな表情で眺めている志乃の姿に、あたたかく優しい思いが湧いた。

この男は、自身の目に映るものをおのれに正直に評し、受け入れることができる。昨夜ＣＤを選ぶ際に無意識にも他人の評価をあてにした自分も含め、些細《ささい》なことで容易に偏る価値観に囚《とら》われがちな人間より、余程素直で、柔軟だ。

「私はもっと人間について知らなければならない。智基、これからも私のそばにいて人間のなんたるかを教えてくれ」

「もちろんそばにいますよ。おれじゃ教えられないこともたくさんありますけど、役に立てるよう頑張りますね」

志乃からの求めに誇らしさを覚えつつ返事をした。宮神山では命令口調だった神様は、いくらかのときをともにすごし、自分のことを頼れる存在であると認めてくれたようだ。だからこそ、教えてくれという言い回しをしたのだろう。

彼に頼りにされるのは、嬉しかった。

ずっと人間とは関わりを持たずにすごしてきた川の神様は、いま、積極的にひとを理解しようと努めている。たくさんの情報を真っ直ぐに受け止め、自身の認識を再構築しはじめている。そんなふうに前向きに彼が人々を見てくれているのだから、自分も頑張って手助けしたい。

そういえば、先ほどは自分の気持ちをきちんと口に出せなかったなと、そこで思い出した。

今度はちゃんと伝えよう。隣を歩く男に、あえてうまい言いようは探さず覚えた感情をそのまま告げた。

「さっき志乃さんが、おれと一緒にいたいって言ってくれたの、嬉しかったです。頼ってもらえるのも、嬉しいです」

食事を摂り風呂に入り夜になれば眠る。時間が許す限り外に出て、志乃にさまざまなものやひとの姿を見せ新しい発見を促す。そんな毎日を送っているうちに、気づけば十月も最後の日になっていた。志乃と一緒に生活していると、日々がすぎていくのが早い気がする。

午前の講義を受けたあと、学生食堂で昼飯を食べてから個人レッスンへ向かい、全国大会の課題曲を歌った。大分形になってきたとは思うが、やはり完全に納得するのは難しい。

「声はよく出ているし旋律も整っている。問題ないね。なにより望月くんは技術面が非常に優れている。君はもっと自分に自信を持っていいと思うよ」

レッスンの最後に、教員からそんなふうに告げられた。内心に靄が湧くのを感じつつも「自信を持てるくらい練習します」と返す。歌って歌って、それで自分が満足できるだけの出来映えになるのか、きちんと成果が出せるのかはわからないものの、そうするのが現在取れる最良の手段だ。

というよりほかに策がないから、そうするしかない。他者からの指導を真摯におのれに取り込み、喉と頭を使って少しでもよいものにする。全国大会まであと一か月、出場者はきっといまみなが同じように懸命に歌っているだろう。

その中で一段高いところへ上るために、悩みや疑問を抱えながらでも、歌い続けなければならない。これもきっと、みな同じだ。

教員に礼を告げレッスン室を出てから見た腕時計は、まだ午後早いときを指していた。今日はアルバイトの予定が入っているが夕刻からなので、時間には充分な余裕がある。

喉の調子もいいし、音楽教室に行くまでのあいだ自主練習をしようと、練習室へ続く廊下に足を向けた。そこで、前方から古屋が歩いてくるのが見えた。

「古屋。もう終わり？」

片手を振って声をかけたら、古屋は智基同様に手を上げ「これからひと枠」と答えた。このあとレッスンが控えているようだ。

互いに歩み寄って廊下の端に寄り、とりとめのない話をして笑いあった。煮詰まっているときにはこうした息抜きも必要だろう。

「おまえ、いつもとちょっと顔つきが違うな。なんか困ってることでもあるのか？」

しかし、そんなたわいない雑談の切れ目に、古屋から不意に核心に迫られたので、どきりとした。自分では普段通りにしているつもりでも、親友には腹の中の苦悩が見て取れるらしい。

智基が思案に暮れているとき、古屋は大抵の場合は言及せずただ笑って励ましてくれたり、気晴らしの話題に変えてくれたりする。智基が愚痴を零すのは苦手だと知っているからだ。

その彼が今日はそこにあえて触れたのは、ふたりきりの廊下でほかに話を聞くひとはいないから、そしてなにより大会が近いからだと思う。古屋は、親友のコンクールにかける意気込みもまた知っているのだ。

少しのあいだ黙って考え、たまには甘えても許されるかと、靄のかかる胸のうちをこっそり洩らした。

「どうもね。理想通りに歌えないというか、納得がいかなくて。プレッシャーもあるし」

「理想通りに、か。なあ望月。おまえは、いま考えている理想とやらに至らないと、納得できないのか？」

口にした弱音に対しそう問いかけられて、声が詰まってしまった。理想に至らないと納得できないか。古屋の質問を受け、改めておのが心の中を見つめてみる。

智基が理想とするのは、父親の歌声だった。強く、頼もしく、逞しい声だ。言葉で語るのではなく歌で示したいから、その事実を誰かに明かしたことはないし、今後も喋りはしないだろう。親友にだって告げられない。

テクニカルだ、技術面が優れている。地区大会の審査員、教員や古屋からもそう評価されていた。確かに、技巧に関してのみいえば、自分の歌はそこそこよいものなのかもしれない。

しかし、それだけでは理想に届かない。父親のようには歌えない。何度自分に訊ねても、いまの自分の声には納得できない、という答えが返ってくる。

幾ばくかの間のあと、声には出さずにただ頷いて返すと、古屋はじっと智基を見つめて言った。

「望月がどんなふうに歌いたいのかまでは訊かない。それはおまえだけが知っていればいいことだ。ただ、正解はそこにしかないって信じ込むのは危ないと、おれは思う」

「……危ないか」

「ひとつしかない理想ってのは人間の視野を狭めるだろ。右とか左とか、斜めとか、おまえがいま見てないところにも大事なもんが転がってるかもしれない。そういうのを自分のものにできたら、プレッシャーも薄まるんじゃないか」

親友の提言は、難しかった。ひとつの理想を一直線に追うばかりが能ではない、と彼はアドバイスしてくれているのだろう。

頭では自分なりに理解できる。しかし感情がうまく追いついてこない。現在見ている道が正解とは限らないと示唆されても、ではほかに道を探そうかとすぐさま切りかえるのは困難だ。

視線を落として考え込んでいると、軽く肩を叩かれた。はっと顔を上げたら、笑顔の古屋に明るくつけ足された。

「いまのおまえの歌は、たとえおまえ自身が納得してないとしても、充分いいもんになってるよ。自信持て」

古屋の表情にふっと肩から力が抜けた。この男が笑ってくれると、それだけでなんだか心が軽くなる。

「ありがとう」

古屋と同じく笑みを浮かべ、まずは礼を述べた。さらにひと言ふた言加えようとしたところで、尻ポケットに入れていた携帯電話が震え出す。

「悪い。電話だ」

低く唸る携帯電話を取り出しながら言うと、古屋は片手を振り廊下の向こうへ姿を消した。なんともできた男だ。彼の後ろ姿を見送ってから目を移した液晶画面には、知っている番号が表示されている。

これはサブ機の番号だ。つまり、電話をかけてきたのは志乃だ。

使いかたは教えたしその場で練習もしたものの、いままで実際に彼が携帯電話へ連絡をよこしたことはなかった。なにがあったのだと慌てて電話に出ると、回線の向こうから困ったような志乃の声が聞こえてきた。

『風呂がおかしい』

「……はい？　風呂がおかしい、ですか？」

意味がわからず彼の言葉をくり返したら、こんなふうに頼まれた。

『一度確認してほしい。私では処理のしかたがわからない』

これ以上説明を求めても無駄かと、「すぐに帰りますから！」とだけ告げて電話を切った。自主練習は諦めて大学をあとにし、自宅への道を早足で歩く。

そのあいだも、いやな想像が頭の中に湧いて冷や汗をかいた。風呂がおかしいとはなんだ。水道が壊れた？　ガスが漏れた？　元栓を閉めろなんて指示しても志乃には難しかろうし、そもそも状況がまったくわからない。

　志乃にもしものことがあったらどうしよう。そう思うと、たまらなく不安になった。一刻も早く部屋に戻りたい。

　十分ほどで辿りついたマンションのエントランスをくぐり、上階から動かないエレベーターを待てず、四階まで階段を駆けあがった。息を切らしながらドアの鍵を開け、大声で「帰りました！」と告げる。

　浴室へと続く脱衣室のドアの前に立っていた志乃は、帰宅した智基を見て「携帯電話とは便利なものだ」などと呑気《のんき》なことを言った。電話をかけてからずっとその場にいたのか、先日渡した端末をテーブルに置くでもなく左手に握っている。

　特にいつもと変わりのない志乃の姿や反応を認め、安堵で緊張が幾ばくか解けた。とりあえず彼は無事のようだし、水の音もガスのにおいも感じない。

　それでもはじめて電話をかけてきたくらいだから、なにかはあったのだろう。

「風呂、おかしいって、どうしました？」

　なんとか呼吸を整えつつ問いかけると、志乃は電話越しに聞いたのと同じ、困ったような声で答えた。

「先日智基が風呂の掃除をしながら、隅々まで洗うのは大変だと言っていた。だからかわりに洗ってみた。浴室用洗剤の適量がわからず泡だらけになり、それはそれで興味深かったのだが、流す際にやりすぎたようだ」

「やりすぎた？」

「宮神山でも言った通り、私は水を操ることができる。その力を、使いすぎた」

志乃の説明を聞いても依然状況はわからないままだった。この男が、自分が大変だと零した風呂掃除をしようと思い立ち実行したらしきことは理解できたし、その気持ちはとても嬉しい。しかし力を使いすぎたとはなんだ。いまバスルームはどうなっているのだろう。

「わかりました。いや、志乃さんが掃除してくれたことはわかったんですけど、現状がわからないんで確認しましょう。ちょっとそこを空けてくれませんか」

脱衣室の前に立っている志乃に声をかけると、彼はさらに困ったという口調で言った。

「智基は辟易《へきえき》するだろうか」

なるほど、彼は家事の手伝いを失敗したから自分をうんざりさせると考え、困っているのか。そう思いいたり、川の神様がいまはなんだか子どもみたいだなとつい密かに笑ってしまった。

「辟易なんかしませんよ。あなたは役に立とうとしてくれたんでしょう？　とにかく中を見てみますね」

知らず不安で硬くなっていた声から力を抜いて告げると、志乃はひとつ頷いて脱衣室の前から一歩横にずれた。彼が携帯電話を手にするほどなのだから余程の惨事になっているのかと若干怯《おび》えつつ、ようやく見えたドアをそろそろと引いて中を覗き込む。

洗濯機が置いてある脱衣室は、いつも通りだった。それにとりあえずはほっとした。ならば惨事は浴室かと、脱衣室に足を踏み入れこれもおそるおそるドアを開けてみる。

そこで目にした光景に、まずはぽかんと口を開けた。それから今度は秘められず、声を上げて笑ってしまった。

浴室は見事なまでにめちゃくちゃになっていた。シャンプーやボディソープのボトル、ボディタオルもブラシもでたらめな場所に水浸しで転がっている。ラックも吸盤式フックも吹っ飛んでいて、まるで嵐のあとのようだ。

水を操れる川の神様は、どれだけ盛大に力を使ったのか。竜巻でも起こしたのか？

「なんとかおのれで対処できないものかと考えたのだが、各々の正確な設置場所を覚えていないし、乾かそうにもひとつひとつの品が繊細なので、どこまで力を使っていいのかわからなかった。これ以上迂闊《うかつ》に手を出せば、余計に状況を悪化させるおそれがある」

天井から水が滴る浴室を認めて笑っていると、志乃に後ろからそう声をかけられた。振り返って見た彼は、智基の反応が意外だったようで、真剣な目をしたまま小さく首を傾げている。

「換気扇。とりあえず換気扇、つけましょうか」

そんな志乃の姿にくすくす笑いながら壁のスイッチを指さし、袖と裾をまくって浴室に踏み込んだ。

指示に従い換気扇のスイッチを入れた志乃が、智基の真似をして袖と裾をまくり浴室へ入ってこようとしたので、笑って止めた。

「そこで待ってていいですよ。狭いですし」

「いや。私がこのような状態にしたのだから、突っ立っているだけというわけにもいかない」

眉をひそめてそう言った志乃は、どうやら智基が思う以上に責任を感じているらしい。おのれの行動を反省できるなんて、なかなか殊勝な神様だ。

ただ待たせておくのもかえって可哀想《かわいそう》かと、脱衣室に置いてある棚を指さし「じゃあタオルを一枚取ってください」とお願いした。すぐに差し出されたタオルでまずは壁面の一部を拭き、吸盤式のフックをくっつける。

次に、少々歪《ゆが》んでいる組み立て式ラックを直しながら、所在なげに立っている志乃を安心させるべく声をかけた。

「換気扇を回しておけば、そのうち乾きます。散らばってるものはもとに戻せばいいだけです。大したことじゃないですよ」

志乃は安堵したように「そうか」と言い頷いてから、今度は不思議そうに訊ねた。

「私は掃除とやらに失敗したのに、智基はなぜ呆れもせずに笑っている？」

彼が発した問いに、ボトルやブラシを拾いつつなぜなのかと改めて考えた。面倒が増えて苛立《いらだ》ってもいいはずなのに、いまの自分は逆に状況を楽しんでいる。

それはきっと、この惨状を引き起こしたのがほかの誰でもなく志乃だからなのだろう。

自分がいないあいだに掃除をしてくれようとした。この神様は頑張ったのだ。そして、頑張ったからこそやりすぎた。そう理解すれば、怒りも呆れも湧いてこず、かわりに笑いが込みあげる。

だってなんとも健気《けなげ》で、可愛らしいではないか。

「いえ。ありがとうございます」

先に礼を告げてから、笑みを抑え込めぬまま可愛いという表現は控えて説明した。

「家事なんて最初は誰でも失敗するものですよ、あなたが無事ならそれでいいじゃないですか。そんなことより、志乃さんが頑張って掃除しようとしてくれたのが、おれは嬉しいんです。だから笑ってます」

「そうなのか。よかった。智基が嬉しいというのなら、私も嬉しい」

志乃は再度頷き、そこでふっと表情を緩めた。笑った、とまではいえないが、いままで見たことのない、まるで普通の人間みたいな無防備な顔だ。

少々驚いた。それから、じわりとよろこびが這《は》いあがってくるのを自覚した。そういえば、嬉しいという言葉だって彼の口からは聞いたことがなかった気がする。

川の神様はひとつずつ、ひとが誰しも持っている感情を自身のものにしているのかもしれない。人間観察をしているうちに、彼がひとと同じ豊かな気持ちを身につけはじめているのなら、それもまた嬉しいことだ。

同調があれば好意も湧く、可能性はある。人間の心に近づきそのありようを感覚としても知り、結果、神様がひとを好きになってくれたらいいと、何度か思ったことをまた考えた。

せっかくバスルームがぴかぴかになったのだからついでにと、そのあとふたりで脱衣室も掃除することにした。浴室とは違いそうそう黴《か》びるわけでもないので普段は後回しにしがちだから、手伝ってもらえるのは単純に助かる。

時々投げかけられる志乃からの質問に答えつつ、雑巾をかけたりそのあいだに洗面台の鏡を拭いてもらったりと一緒に脱衣室を綺麗にしていく。掃除なんて面倒だと思っていたのに、志乃と言葉を交わしながらふたりでせっせと動くのは、なんだか楽しかった。

浴室も脱衣室もあらかた片づけ終えるころには、アルバイトの時間も迫ってきていた。そろそろ出かける用意をしないと遅刻してしまう。

湿った服を着替える合間に、音楽教室で助手をしているのだと説明すると、志乃は強い興味を示した。彼は歌を好むようだから、それを教えるという行為がどんなものなのか気になるのも頷ける。気になるのなら見せてあげたい。

音楽教室の先生に電話をかけ、見学者を連れていく許可を得てから、一緒にマンションをあとにした。目的地まで歩くあいだ、考えたことをなんでも口に出してしまう好奇心旺盛な神様に、教室では静かにだとか、話しかけられたらはいかいいえで返事をしておけばいいとか、これからのふるまいかたを教える。

　近道を通り住宅街の端にある音楽教室についたのは、予定時刻より少し早い夕刻だった。先生の自宅の一室を開放している教室で、彼女の腕がいいのはもちろんその明るい人柄もあり評判はよい。

「こんにちは、望月です！　こちら、さっき電話で話した見学希望の知人です。よろしくお願いします」

　教室のドアを開けてまずは挨拶し、それから志乃を先生に紹介した。なにか失礼なことを言い出すのではないかという心配は不要のものだったようで、事前に伝えた通り志乃は大人しく隣に立っている。

「名前は志乃さんといいます。ええと……声楽に興味があって、音楽教室がどんな場所か知りたいそうです。急に無理なお願いをしてすみません」

「あら、ずいぶんと綺麗なひと。望月くんのお知りあいならきっと歌が大好きなのね。別に無理なんて言われてないわよ、たくさんひとがいたほうが授業も楽しいでしょ」

　志乃は一見正体不明な容姿をしているから難色を示されるかもとひやひやしたが、曖昧な説明をすんなり受け入れてもらえたので、ひと安心した。にこにこと笑っている先生に「ありがとうございます」と述べ頭を下げると、それが作法だと理解したのか志乃も智基にならい一礼してくれたため、これにもほっとする。

そののち、教室を訪れた生徒や付き添いの保護者に、今日は見学者がいるのだと告げ、ここでも志乃とともにお辞儀をした。いつも声楽の授業で歌っている智基の知りあいであればということか、そのたたずまいに興味津々といった様子ではあれ保護者もまた不審を抱いたようでもなく、志乃と一緒に教室の後ろに並べられた椅子に座った。

これならば問題なく神様も授業を観察できるだろうと、改めて安堵する。美しいばかりにいやでも目立ちはするものの、敬語を知らない口を閉じていれば志乃は所作も綺麗だし、音楽を愛好するちょっと不可思議な人物くらいに見えるのかもしれない。

志乃は、授業のあいだもいっさい喋らず、保護者に交じり静かに椅子に腰かけていた。ちらと視線をやるたびに、身動きさえせず真剣に授業に見入っている志乃の姿が目に入り、連れてきてよかったなとしみじみ考える。

この男は嘘《うそ》偽りなく音楽に興味を抱き、また楽しんでもいるのだろう。スピーカーから聞こえるのではなく目の前で紡がれる旋律に、心から惹《ひ》かれているのだ。でなければこんなに真っ直ぐで、こうもきらきらとした目はしない、できないと思う。

先生が簡単に声楽の基礎を解説しているときも志乃は生真面目に聞いていたが、なにより智基が子どもたちと一緒に歌っているあいだ、特に強くその眼差しを感じた。時折交わす視線は優しく、また緑色の瞳はひときわきらめいていて、心の中が明るく照らされているような気持ちになる。そのせいもあってか、自然とレッスンにも力が入ったし、いつもより楽しく歌えた。

快い、何度か志乃にそう言われはしたものの、川辺や枕元で口ずさむのを聞かれた程度で、こんなふうにじっくり歌声を鑑賞されたことはない。志乃の目の前で歌うと、彼はこうも好意的な眼差しで見守ってくれるのだ。それをはじめて知り、くすぐったさと同時に嬉しさを覚えた。

「見て、鳥が並んでる！」

みなで一曲歌い終えたときに、ひとりの子どもが開け放った窓の方向を指さしそう言った。つられて目をやった窓の外では、数羽の小鳥が木の枝に横一列にとまり、可愛らしくさえずっていた。まるできちんと整列し合唱でもしているかのようだ。

そよ風や小鳥がともにいてくれる、一緒に歌ってくれる。しばしば呼び起こされるそんな感覚と同じ心地よさに包まれた。窓際に集まって楽しそうに小鳥に話しかけている子どもたちを見ているのも、また心嬉しいものだ。

なにげなく志乃に視線を移したら、彼も同様に窓辺ではしゃぐ子どもたちを見つめていた。はっきりした表情こそなかったものの、その眼差しは穏やかに凪いでいる。きっと彼も、自分と似たような心持ちでいるのだろう。

理想に届かない。納得できない、正解がわからない。そうした靄みたいな悩みも忘れる優しいひとときだ。こんなふうにただ純粋に、明るく楽しく歌っていられれば、自分にとっての音楽というものの位置づけも変わるのかもしれない。

遅い時間のレッスンだったこともあり、授業の後片づけを手伝い音楽教室を出るころには空も暗くなっていた。今日の夕食は外ですませてしまおうと、いつかと同じように志乃とともにファミリーレストランに入る。

和定食をふたり分頼み、添えてある漬物を上手に食べる志乃を見守った。川の神様を自宅へ連れ帰り、作法を教えつつともに食事をすることおよそ一週間。そのあいだに彼はすっかり箸の使いかたに慣れたようだ。もともと器用な男なのだろう。

時折ほかの客の笑い声が聞こえてくるほどよいざわめきの中、のんびりと夕飯を食べる、なんともほのぼのとした時間をすごした。料理を口に運んでは相変わらず独特な表現で感想を述べている志乃も、リラックスしている様子だ。

ずっと静かな山にいたというのに、そういえば彼はひとの中に身を置いても居心地の悪そうな顔を見せたことはないなと、いまさらながらに気がついた。少なくとも山を下りてきて以降の彼は、人間に対し悪印象を抱いていないということかもしれない。

「智基の歌はやはり快い。今日聴いたような声ははじめて知ったが、よいものだった」

食後のコーヒーを飲みながら、それまで料理について話していた志乃が、不意にそう言った。

「え？　ああ……そうですね。いや、改めて言及されるとちょっと恥ずかしい、ような？」

　なんとなく照れくさくなって曖昧な返事をすると、志乃は「よいものだった」と言い聞かせるようにくり返した。それから、コーヒーをひと口飲んで少しの間を置きこう続ける。

「また、年代も立場も違う人間に対し、誠実にふるまう姿も好ましかった。周囲のものがみな穏やかな表情になるのが見て取れた」

「ふるまい……ですか？」

「年嵩《かさ》のものには礼を尽くし、幼きものにも丁寧に接する。音楽教室でのみならず、公園で出会った夫婦やこの店の店員に対しても同様の態度を取っていたから、それが智基にとっては自然なことなのだろう。相手を尊重する姿勢は誰にとっても気持ちのよいものだ」

　相手を尊重する姿勢、か。特に意識しているわけではないものの、まわりのひとを重んじるようにと父親に教えられて育ったから、そんなふうに評価されるとなんだか嬉しかった。

「事実、異なる思考を持つ人間が複数集うにもかかわらず、音楽を学ぶあの場は非常に和やかだった。指導者のもたらす明るさとはまた別に、智基を中心として優しい空気が流れていた。智基には他者と適切に交流する才がある」

　今度の彼の見解には、驚いた。さすがにそれは買いかぶりすぎだろう。先生はともかく自分のふるまいひとつで、音楽教室の雰囲気がよくなるなんてことはない。

　教室に集まるひとはみな音楽に対する深い愛情を持っている。だから自然と優しい一体感が生まれるのではないか。そのような意見を述べようとしたら、また先に志乃が口を開いた。

「輝いて見えた」

彼の発言の意味がわからず、口に出そうとしていた言葉が引っ込んだ。かわりに「輝いて？」とくり返すと、彼はひとつ頷いてから続けた。

「年を重ねたもの、まだ小さきもの、あの場には十数の人間がいた。その中でも、私の目には智基が最も輝いて見えた」

今度はなにも言えなかった。というより、先よりびっくりして声が出なかった。最も輝いて見えた、なんて、こうもストレートに告げられたことはないし、告げようとしたひともいなかろう。

思わずまじまじと志乃を見つめ、それから全身がむずむずしてくるのを感じた。驚きが去れば次に這い寄ってくるのは嬉しさとくすぐったさだ。こんなふうに面と向かって評されたら誰だって心浮かれる、と同時にこそばゆくもなる。

よいものだった。好ましかった。輝いて見えた。平然とそう言った志乃はいま、自分のことをどう思っているのだろう。観察対象のひとりとして興味があるのみならずプラスの意味で、特別視、してくれているのだろうか。

「……なんか照れくさいけど、そんなふうに言ってもらえるの、嬉しいです」

湧いた感情をそのまま告げると、志乃は目を細めて頷いた。はっきりとした表情ではなかったが、どことなく満足そうに見える。

常に正直な男の評価を受け取って、素直な思いを投げ返す。志乃もまたそれをきちんと受け止めてくれる。彼とのこうした嘘のないやりとりは胸をあたたかくするものだった。

充ち足りた心持ちでコーヒーカップを空け、伝票を摑んで「そろそろ出ましょうか」と志乃に声をかけた。会計をすませてふたりで店をあとにし、見えはじめた星を指さしながら自宅までの近道を歩く。

あれがペガスス座でその横にアンドロメダ座。志乃にひとつひとつ星座を教えているうちに、ファミリーレストランで覚えた面映ゆさが純粋なよろこびとして胸に沁み渡っていくのを自覚した。この男といると気持ちがいい。靄みたいに心にかかる悩みもするりと溶けていく。大学のレッスン室や廊下で唸っていた自分が遠のくようだ。

ふと、視線を感じたような気がしたのは、そろそろマンションも見えてくる自宅付近を歩いているときだった。大通りから離れた近道はこの時間になるとひとけもなく、街灯も少し暗いから、かえって他人の気配に敏感になってしまう。

違和感の正体を知ろうと曲がり角でまわりを見回してみても、しかし誰の姿も目に入らない。気のせいだろうかとひとり首を傾げていると、曲がり角のすぐ先からさらに狭い横道に入ったあたりで、不意に志乃の手が伸びてきて腕を摑まれた。

「うわっ、なに？」

「許可を求める。これでいいのだろう？」

「は？」

いきなり引き寄せられたものだから驚いて、間の抜けた声しか出なかった。志乃は、そんな智基の様子など意に介していないようで、もう片方の手で腰を抱き寄せ唇にくちづけてきた。

この男は人間の姿を維持するために唾液を要しているのだ。理性の部分ではそう理解できたものの、感情は追いつかなかったし身体も動かなかった。普通は屋外でする行為ではないのだと諭すべき場面なのに、相変わらず彼の胸を押し返す余裕がない。

「ん、う……っ、ん」

いつも通り遠慮なく口の中を舐められ唾液を啜られて、喉の奥からくぐもった声が洩れる。頭が痛くなるほど鼓動が速まり、ついいましがた覚えた違和感もあっというまに掻き消えてしまった。

「は……っ」

ぬるりと絡まってくる舌の感触と温度に、ぞくっと肌が粟立つ。志乃にとってキスは情の伴うものではなく、人間の一部を摂取するためだけの行為だとわかってはいても、どうしたって心拍数が跳ねあがってしまう。

硬直している智基をたっぷり味わってから、志乃はそっと唇を離した。息苦しいようなくちづけからようやく解放されて、乱れる呼吸も隠せぬまま、なんとか声を出す。

「じ、事前許可制、でしょ」

「許可を求めたとき、智基は拒まなかった。約束は守ったが？」

不思議そうな口調で問うてきた志乃が、本当に自身は約束を守ったと思っていることは伝わってきた。彼には他意も悪意もない、と知ってしまえば詰《なじ》れもしない。

一歩身を引いていまだ腰に回されている腕から逃げ、大きく深呼吸をしたのち、落ち着かない鼓動を持てあましつつ答えた。

「……志乃さん。拒まれないのは、イコール許可されたってわけじゃ、ないです。おれがちゃんと、いいですよって言ってから、してください」

「そうなのか？　わかった。以後は気をつけよう」

「あと、あんまり、外ですることじゃないから、できれば家でお願いします」

可能な限り理解しやすい言い回しを選んで告げると、志乃は少し考えるような間を置いてから、再度「わかった」と口にした。本当にわかってくれたのかはあやしいところだが、あまりに素直なのでそれ以上は言えない。

平静を装いたいがうまくいかず、危なっかしい足取りのまま、志乃と並びマンションへ向かった。ばくばくとうるさく鳴る鼓動はまったく静まってくれないし、なんだかまだ息が苦しいような気さえする。

ひとけのない夜の細い道とはいえ、誰かに見られていたらという緊張もあったのだろう。しかしそれだけでは説明がつかないくらいに感情を揺り動かされている自覚はあった。

きらめく眼差しで見守られ、褒められれば嬉しくなる。一緒にいると気持ちがいい。そんな男と唇を重ねて襲われるこの目がくらむような感覚は、もしかしたら、知らず芽生えていた恋情がもたらすときめきではないか？

徐々に慣れてもいいはずなのに、はじめて志乃にくちづけをされたときより、二度目、三度目と次第に胸の高鳴りが大きくなっている。自分にとって彼とのキスは、人間の一部を摂取しているだけの神様とは違い、情のある行為になっているのかもしれない。

いや、まさかそんなことはない。しかしほかにどう解釈すればいいのだ。すぐには冷静さを取り戻せない頭で考えながら歩いていたら、小石につまずき大きく身体が傾いだ。危ない、と思い両手を前に出すより早く、隣から伸びてきた腕に腰を抱かれて支えられる。

「わっ。すみません、ありがとうございます」

突然の危機感と先より力強い腕に、余計にどきどきしつつ礼を言った。それから隣に目をやると、志乃に優しい眼差しを返された。

「なぜだろう。智基と唇を合わせると、こうして触れている腕よりも、胸のあたりがあたたかくなるような気がする。はじめは感じなかったのに、いまの私はそうした感覚を得ている。不思議だ」

真っ直ぐに見つめられたまま、常よりやわらかな口調でそう告げられて、咄嗟には応じられなかった。

胸のあたりがあたたかくなる？

なにも言えない口を半ば開きまじまじと志乃の美貌を見つめ返していたら、そこで彼はふっと小さく、笑った。ごく近い距離にいるため薄暗い中でも確かにわかった、はじめて見るその表情に、ますます声が出なくなる。

笑った？　志乃が、笑った？

自分にとって志乃とのキスは情のある行為になっているのかもしれない、ついいましがたそんなふうに考えた。では、志乃にとってはどうなのか。人間の姿を維持するために必要だから、それはもちろんくちづけをする最大で唯一の理由なのだろうが、その結果志乃は、彼曰く胸のあたりがあたたかくなるような気がしているのだ。

そしてまた、そうした表現で自身の情を仄《ほの》めかした神様は、これまで一度も見たことがなかった笑みを浮かべた。

都会のささやかな星が散る空の下、暗い夜道で、志乃の微かな笑みはひどく美しいものとして目に映った。自分と同じように、志乃の心にもなにかしらの変化が訪れているのではないか。頼もしい腕に助けられて体勢を立て直しながらも、頭の中は彼が発した言葉とはじめて見せた微笑みでいっぱいになっていた。

その後も、そうすることがいまできるすべてだと練習に励んだ。大学のレッスン室や練習室で、何度も何度も歌った。ひとのいない道を歩くときにも、旋律をより安定させるために口ずさむ。

しかしまだ、自分の歌声に納得がいっていない。おのが心になじまない。

どこであれ音を唇に乗せるときには、頬《ほお》を撫でる風やともにさえずる鳥が、自分の歌に応えてくれているような心地よさを感じることがままあった。なのに、今回の大会で望月智宏の息子として成果をあげなければと意識していると、これまで身近にあった自然の優しさに身を包まれず、さみしさに似た感情が湧いた。

自分の気持ちの問題なのだとは思う。悩んでいてももがきながらでも歌えるはずだ。そう考えてみても割り切れない心中の靄が、風や鳥の声を知覚から遠のかせているのかもしれない。

いま背負っているプレッシャーは、過去に感じたことがないくらいに重かった。当然、父親が亡くなったという事実が大いに関係している。

なにせ現在の声楽界には、望月の名を持つ人間は自分ひとりしかいないのだ。

みなが死を惜しむ自慢の父親と同じ名を、彼のような力強く逞しい歌声を自らのものにすることで、胸を張って名乗りたい。その願いは分不相応なのか。

志乃を音楽教室に連れていってから数日がたち、迎えた祝日。平日のあいだにぽつりとできた自由時間に、解放感ではなく焦燥感を覚えるのは、全国大会まであと一か月を切ったからだろう。

午前中は志乃とともに、シーツの洗濯やら細かな場所の掃除やら、後回しにしがちな家事をしてすごした。ふたりで簡単な昼食を摂ったあと、午後は閑散とした大学へ行き、練習室を借りて自主練習をする。

喉を使いすぎるのはよくないとわかっていても、歌いはじめるともう一度、もう一度と焦りからの欲が出てしまう。そのおかげで帰路につくのが想定以上に遅くなった。

「ただいま」

空も暗くなるころに自室のドアを開けて帰宅を告げたら、「おかえり」という志乃の声が返ってきた。たったそれだけのことで、ふっと気持ちが軽くなるのを感じた。

彼にこの挨拶を教えたのは昨日のことだ。単にならわしのひとつとして、人間にはこうした習慣があると伝えたのだが、ただいま、おかえり、なんて当たり前のやりとりがこんなにもひとの心を穏やかにするものだったとは知らなかった。

ついいましがたまで覚えていた焦りが、するすると解けていくような気がする。自分にとってはそれだけ、この部屋で志乃とすごす時間が癒やしになっているのだと思う。

ふたりで夕飯の準備をして、いつも通りゆっくりと時間をかけて食べた。一緒にキッチンに立つようになってから一週間ほどしかたっていないのに、志乃の料理の腕前は大分上達した。もう包丁も火の加減も安心して任せられる。いつかも考えたようにこの男はもともと器用なのだろう。

今夜は先に志乃を風呂に入らせ、そのあいだにキッチンを片づけた。食器を棚にしまい終えてしまえば特にやることもない。このところの癖でひとり大会の課題曲を口ずさんでいたら、不意に背中から声をかけられた。

「なにかが違う」

思わず、テーブルの前に座っていた身体を強ばらせてしまった。志乃が戻ってきていたことにまったく気づいていなかった。彼が静かにバスルームから出てきたのか、思い悩むあまり自分が外界の音をシャットアウトしていたのかはわからない。

そして一瞬の驚きが去ったあとに、なにかが違う、という彼のひと言がじわりと胸に食い込んできた。

「……なにが、違います？　教えてくれませんか？」

振り返っておそるおそる訊ねたら、濡れ髪のまま立っている志乃にこう返された。

「いままで聞いていた歌声とは異なり、心に響いてこない」

つい息を詰めてから、そっと吐き出した。志乃の言葉は、以前この部屋で音楽鑑賞をしたときと変わらず遠慮がなかった。

正直な男の言うことだから、心に響いてこない、というのは事実なのだろう。

「靄がかかっているかのように遠く感じる。私の主観でしかないし、なぜなのかもわからないが、智基になじんでいない。あるいは、智基はなにか焦っているのか？」

難しい顔で続けた志乃を手招いて、場所を空けたテーブルの前に腰を下ろさせた。ドライヤーを手に取りいつも通り長い髪を乾かしてやりつつ、彼の指摘を頭の中でくり返す。

靄がかかっているかのよう。智基になじんでいない。志乃の見解は、自分がいま抱えている悩みそのままだった。彼は正直なだけでなく、鋭いのだ。自分の歌声に対し本人が感じている焦燥みたいなものまで聞き分けられるほどに耳がよい。

　そんな男が相手なら、親友にさえ詳細には明かしたことのない気持ちを、彼と同じように正直に口にしてもいいだろうか。彼はすでにこの焦りを見抜いているようだし、だとすればここでごまかしたってしかたがない。それに、声にすれば心の靄もちょっとは晴れるかもしれない。

　丁寧に黒髪を乾かし終えたあと、使い終わったドライヤーを片づけてから、口を閉じている志乃の背に思い切って訊ねた。

「……志乃さん。もし面倒じゃなければですけど、おれの話、聞いてくれませんか？」

　志乃は振り返り智基を見て、ひとつ頷き腰を上げた。定位置となった向かいに座り、黙って待っている。

　彼の態度と眼差しは、真摯だった。この男は自分の話を真面目に聞いてくれるつもりであるらしい。それに少し安堵し、また緊張も覚えた。

　改めてテーブルの前に腰を下ろし、ひとつ深呼吸して気持ちを落ち着けた。そののちに、他人に赤裸々に聞かせるものではなかろう心のうちを、話す順番を考えながら慎重に口にした。

「前にここで一緒に音楽を聴いたときも言った通り、亡くなったおれの父親は声楽家でした。世界中を飛び回るほどの人気者で、みんなに愛されてました。おれが歌うようになったのは父親の影響です。望月智宏っていうんですけど」

前提から喋り出した智基に数度目を瞬かせてから、志乃は再度頷いた。少々話が飛んだので驚いたのかもしれない。

しかしそこをまず知ってもらわないと、いま抱えている悩みは伝わらないのだ。依然無言のまま待ってくれている志乃に、なるべくわかりやすい順序でひとつひとつ説明する。

「息子のおれが言うのもなんですが、父親の歌、とっても素敵で、格好いいんですよ。素晴らしい歌声です。志乃さんもあのとき、魂を揺さぶられるような力強い声だ、情熱的で逞しいって評価してくれました。覚えてますか？」

志乃は智基を見つめたまま、今度は「覚えている」と口にした。神様の記憶に残るほど父親の歌は秀でているのだ、そう思うと誇らしさが湧く。

同時に、いつも感じている焦りが、いやに鮮やかになった。

「素晴らしいからこそ、プレッシャーを感じます」

短く告げ、それから、これだけでは伝わるまいと丁寧に言い直した。

「精神的圧迫感というか、重圧というか、そういうのを感じてます。さすが望月智宏の息子だって認められないといけない、じゃないと亡くなった父親に申し訳ない気がして。そのために、まずはコンクールで成果をあげたいです。ええと、十一月末に全国から学生が集まる大会があるんです」

「そうか」

「……あの。言葉で語るんじゃなく歌で示したいから、いままで誰にも言ったことないけど、おれが理想としてるの、父親の歌声です。血縁ってのもありますが、なにより憧れのひとですから」

相槌《あいづち》を打ってくれた志乃に、ここまで言う必要があるのかと迷いながらも結局は口に出した。もうすでに彼に甘えているのだから、いまさら黙っても遅いだろう。こうなったら本心を全部打ち明けてしまったほうがすっきりするのかもしれない。

「父親みたいに頼もしくて逞しい声で歌いたいです。これこそ望月の息子の歌だ、引けを取らないって思われたいです。でも、おれは父親と同じようには歌えない、だから自信が持てません」

湿っぽい弱音に眉をひそめるでもなく、志乃は智基の告白に耳を傾けていた。そして、すっかり心情を語り終え口を閉じた智基に、淡々と言った。

「私は、智基の父親の歌声は機械から聞こえてくるものしか知らない。それでも似ていると感じた。しかし、似ているとはいえ別のものだろう、同じである必要もない」

諭すのでも説くのでもない、ただ思ったままを口に出しただけ、といった口調だ。だからこそ彼の言葉は重みを持ってじわじわと心の中に広がった。

似ているとはいえ、別のもの。自分ではやはり父親には追いつけないのか。同じようには歌えないか。

「智基の歌声には力がある」

ついうつむくと、志乃にそんなふうに続けられたので、はっと顔を上げた。力がある、確か志乃川の川辺でも神様はそう言った。あのとき同様その意味はいまいち理解できなかったが、彼が自分の声を重んじてくれていることは伝わった。

「自然になじみ宥める力だ。音楽教室の窓辺で鳥がさえずっていたことを覚えているか？」

「鳥は……覚えてますよ。おれの思い込みでしょうけど、一緒に歌ってくれてるみたいな気分になること、よくあります」

「思い込みではない。私が興味を引かれたのと同じように、彼らは智基の歌声に惹かれて集まり、ともに歌っている。智基の歌にはそうした、自然を引きつけ、また自然に寄り添う力があるからだ」

自然になじみ、宥め、寄り添う力、と説明されたところでやはりよくわからなかった。風や鳥が一緒にいてくれるような気がして心地よい、しばしば包まれるあの感覚について彼は述べているのだろうが、子どものころからずっとそばにあるものなので力という表現がしっくりこない。

「ただし、常にではない。智基自身が楽しんでいなければ、あるいは心を込めていなければ、歌声は本来の力を発揮できないようだ。自然は応えない」

自分なりに神様の言い分を解釈しようと黙って考えていたら、そんな智基を真っ直ぐに見つめて志乃が続けた。

「だからこそ、まずは智基自身がおのれの声を愛し、快く音を奏でるべきだろう。心で歌う旋律は聴くものの心にも快く響く。私は、智基の歌を聴いているうちに、音楽というものは心に届けるものだと考えるようになった」

「……おれ自身が」

「私は智基の歌が好きだ」

自分の声を愛せ、なんて難しいことを告げられぽつりと力なく零したら、智基の弱気を掻き消すような強さで志乃がそう言い切った。あまりにもはっきりと断言され、つい目を見開いてしまう。

快いとか興味を引かれたとか、そうした言葉で志乃は何度も自分の歌声を肯定してくれた。しかし、好き、とシンプルに、ストレートに言われるのははじめてだ。

「私だけではない。子どもたちも智基とともに楽しそうに歌っていた。彼らもきっと智基の歌が好きなのだろう、でなければ心からは楽しめない」

智基を真っ直ぐに見つめたまま言い、志乃はためらう様子もなく手を伸ばしてきた。テーブルの上に置いていた手の甲に優しくてのひらを重ねられて、どきりと大きく心臓が脈打つ。

幾度もキスをしたというのに、こんな小さな接触でも胸が高鳴ってしまう。それはこれが、人間の一部を摂取しなければならないという機械的な理由からではなく、感情を伴う志乃の意思でなされる行為だからだと思う。

なにせ彼にはいま自分に触れる必要なんてないのだ。なのに迷わず手を握った。

重ねられたてのひらは、あたたかかった。どういった種類のものなのかまではわからないが、彼の胸にある思いがあたたかいからこそなのだろう。

「智基も、自身の歌を好きになれるといい」

手を握ったままそう言った志乃のやわらかな声音に、身体にのしかかっていた重荷がふっと軽くなるのを感じた。いまだ靄はある。それでも、少し心が晴れたような気がする。

志乃からこんなふうに真剣に、快いのみならず好きだと告げられると、やはり誰に評価されるよりも嬉しかった。問題ない、充分よいものになっている、教員や親友からのそうした励ましより素直に受け入れられる。

こうして手を握ってくれるのは、彼が真摯に考えを伝えようとしているからだと思う。この男は心から自分の声を好きだと感じてくれているのだ。

それがなにより嬉しいのはきっと、自分が彼をより好ましく感じるようになっているため、ばかりではない。

数日前の夜道でも考えたように、無意識のうちに自分の中に志乃への恋情が生まれていたからではないのか？

本物の感情なのかいっとき舞いあがっているだけなのか、まだよくわからない。恋と決めつけるには時期尚早だ。しかし、自分は彼に好印象を抱いているという表現では、もう足りないことは事実だろう。

それから一週間後。アルバイト先の音楽教室で、授業後一時間ばかり場所を借りた。大学の練習室が先客で埋まっていて利用できず、歌い足りなかったのだ。

自宅でも練習できないことはないが、精々旋律の確認と調整くらいが限度だろう。防音性が高いとはいえマンションで声を張ればいくらかは洩れるし、ある程度は許容されても長時間歌うのはさすがに気が引ける。

大会まであと二十日ほどだ。納得がいかないとしてもせめて一回でも多く歌いたい。

志乃に手を握られたあの日から、ずっと考えていた。自身の歌を好きになれるといい、彼が告げた言葉を頭の中で何度もくり返す。

はねのけられないプレッシャー、理想に届かないもどかしさと悔しさ。言語化してしまうなら、依然胸にある靄とはそんな単純なものだ。単純であるからこそなかなか抜け出せず、片足を食われたまま歌い続けている。

確かに自分の歌を好きになれれば、囚われた足は自由になり、純粋に楽しく旋律を紡ぐことができるのだとは思う。しかしどうすれば好きになれる？

ずっと憧れて育った父親と同じようには歌えない、それでも好きになるのは正直難しい。第一、たとえ自分がおのれの声をちょっとは許せたとしても、自己満足にすぎないのではないか。

そんなちっぽけな自己肯定感があったところで、全国大会で勝てるわけではないだろう。また、頼もしく逞しい歌声を持つ望月智宏の息子として認めてもらえるとも思えない。

空の上にいる父親に、望月を名乗るに相応しい声楽家になってみせると、堂々と宣言したいのだ。

そのためには、ひとつずつ着実に成果を積みあげなければならないし、少しでも彼の声に近づく必要がある。

　自分の歌を好きになれるとしたら、それらをなしえたあとなのではないか。

「望月くん。ずいぶんと難しい顔をしてるわね。なにか悩み事でもあるのかしら」

　不意に背後から教室の先生に声をかけられたのは、約束の一時間もすぎようというころだった。そこでようやく、自分が歌声もなく黙りこくって考え込んでいたことに気がつく。

「あなたはいつでも子どもたちと楽しそうに歌ってくれるのに、いまはなんだかつらそうに見えるわよ。ほら、まるで今日の雨空みたいにどんよりしてる」

　先生を振り返って、それから指さされた窓の外を見た。確かに自分の目にもどんよりとした景色に映った。

　いつものように小鳥がさえずっていない。木の葉を揺らす風もどこかよそよそしい。雨だって普段なら優しく、あたたかく水たまりで踊ってくれるのに、今日はただ冷たく降り注いでいる。

　まるで自分の気持ちを鏡みたいにそのまま映しているようだと思った。自分自身が楽しめていないから、心を込められていないから、鳥も風もともにいてくれない。これが志乃の言っていた、自然は応えない、ということなのだろうか。

　ただコンクールの練習として歌っても彼らは聞いていないのだ。そうするしかないと毎日歌い続けてはいるものの、これで本当に、誰かの心に音楽を響かせることができるのか。なにより全国大会で勝てるのか？

「望月くんらしくないわね。必要以上に悩みながら歌っても、あなたの声は本来の力を発揮しないんじゃない？」

　窓の外を眺めながらまたもや考え込んでいたら、そんなふうに話しかけられたので、先生に目を移した。らしくない、か。確かに、近づく全国大会への不安や焦りを忘れて子どもたちと歌うときの楽しさを、いまの自分は感じていない。先生の目には、それは自分らしくないと映るのだ。

　勝ちたいと強く願っている。そのために、まずはひとつ、周囲のひとが高く評価してくれる技巧をさらに磨くこと。それから、父親の声を手本として力強く音を奏でること。頭の中で計算しつつくり返し歌っているのに、これでは本来の力を発揮できない、と先生に、それから先日は志乃からも指摘されてしまった。

　ならばどうすればいいのだ。

「誰にも言えることだけど、自分の声を大事にして楽しく歌えば、きっとそれがそのひとにとっての一番素敵な音になるんじゃないかしら？　大会だからと気負わなくても、望月くんなら大丈夫、あなたが楽しめば勝手に結果につながるわ。自信を持って」

「自信……。自信ってなんでしょうね」

「そうねえ。自分の価値や能力を、自分で信じてあげること、と言えば伝わるかしら。自分を信じるのはとても怖くて難しいけれど、何事においても大切なことよ」

ついぽつりと零したら、優しく笑った先生にそう告げられた。言葉の定義を教えるというのではなく、そのようにあれと諭されているのだろう。

価値、能力。曖昧に頷き返しながら密かに溜息をついた。どうしたらそれらがおのれにあると信じられる？　志乃が好きだと言ってくれたこの歌声を、自分で好きになれてもいないのに。

教室を借りた礼を告げ、後片づけをして帰路についた。雨の降る中傘を差し、悶々《もんもん》としながらひとけのない近道を歩く。

後ろから声をかけられたのは、先日志乃とキスをしたあたり、マンションの姿も見えてくる自宅付近の曲がり角でのことだった。

「すみません。望月智基さんですよね」

いきなり名を呼ばれたものだから、びっくりした。弾かれたように振り向くと、見知らぬ青年が少し離れた位置に立っていた。

彼は楽譜でも入っていそうな大きな鞄を提げていた。顔立ちから判断するに自分よりいくらか年上のようだが、傘を差しているせいで表情まではっきり見て取れない。

音楽教室からあとを追ってきたのだろうか。父親は、音楽専門誌等のインタビューでよく日常生活の話をしていたから、声楽に通じたひとならそこで幾度か挙げられた息子の名前を覚えているかもしれない。

その名をインターネットで検索すれば、自分が音楽教室で働いていることはすぐにわかるはずだ。

音楽教室のホームページには、助手として氏名と顔写真が載っているので、名前のみならず顔を知られていてもなんらおかしくはない。

「そうですけど、なんでしょうか？」

　幾ばくか迷ってから、肯定を返した。ですよね、と断定的に言った以上、青年は確信をもって声をかけてきたのだろうし、ここで違うと首を横に振っても意味はない。

　青年は少しのあいだじっと智基を見ていた。そののち、なにを言うでもなくふっと背を向け、細い道を智基が向かうのとは逆の方向に歩き出した。

　あっさりと遠のいていく彼の後ろ姿を、ぽかんと見送ってしまう。父親のファンだとか、だから話を聞きたいとか、意図があって呼び止められたのかと思ったのだが、一体なんだったのだろう。

　考え事が中断されたせいもあり、なんだか気が抜けた。見知らぬ青年の態度に首をひねりつつも自宅への道を急ぐ。

　部屋に戻れば志乃がいて、おかえりと迎えてくれる。一緒に夕食を摂って順番に風呂に入り、髪を乾かしてやってからふたりで狭いベッドに潜り込む。いつのまにか日常になっていたこれからの時間を思い描くと、心の靄が少しずつ薄れていくような気がした。

　志乃の前で暗い顔をしていたくはないし、自室にいるときは苦悩は追い払おう。彼とともにすごす時間はいま、偽りなく楽しいものになっている。そんな、ひとときの解放感を味わうくらい許されるはずだ。

自宅のドアを開けると、途端によい香りに包まれた。そのせいで、「ただいま」と告げるまでに一拍の間が空いた。

「おかえり」

帰宅の挨拶に応える志乃の声はいつも通りだった。別に異変が起こったわけではないらしい。それでも慌てて靴を脱ぎ居室へ入ると、テーブルの上に料理が載った皿がいくつか並んでいた。ほかにはひとがいない以上、志乃がひとりで用意した、ということになる。

メニューは簡単なものだった。目玉焼きとサラダ、あとは白米。作るのはそう難しくないだろう。だとしても、帰ってきたらご飯ができていることなんてしばらくなかったので、ひどく感動してしまった。

「志乃さんが作ってくれたんですか？　ひとりで？」

重たい鞄を放り投げ中腰になってテーブルを見つめながら、感激を隠せないまま問うた。

「そうだが？　智基に教わった通りの手順で作成したから問題はないはずだ」

「わあ、目玉焼き大成功ですね！　黄身も破れてないし、綺麗な形。あっ、キュウリ！　サラダに薄切りのキュウリ入ってます。すごい！」

「智基。まずは手を洗い、座ったらどうだ」

はしゃぐ姿が面白かったのか目を細めた志乃にそう指示され、これも慌てて従った。洗面台で手を洗ってからテーブルを挟んで彼の向かいに座り、シンプルな、しかし心のこもった夕食を見つめて胸を熱くする。

志乃が、同居人を待つ部屋で食事の用意をしておこうと思い立ち実行するなんて、考えたこともなかった。彼は人間観察をしに山から下りてきた神様なのだから、家事なんて些末なことはしなくてもいいはずなのだ。そのつもりで連れ帰ったのに、こうしてふたり分の夕食を作り智基を待っていてくれた。

そういえばいつかはひとりで風呂の掃除もしてくれたなと、そこで不意に思い出した。失敗はしたものの、彼は頑張って役に立とうとしたのだ。

志乃はふたりの生活のために、あるいは智基のために、自身にできることをこなそうとしている。それだけここでの暮らしを、智基を大事にしたいと感じているのかもしれない。

こんなに嬉しいことがほかにあるだろうか。テーブルに並ぶ皿や椀を前に、改めて感動を噛みしめる。恋人と別れ父親も亡くなって以来、誰かとこうも近しくあるのもはじめてで、余計に心嬉しくなった。

「食べよう、智基。いただきます」

胸がいっぱいになりなかなか動けずにいる智基を促すように、志乃は先に食前の挨拶を口にした。

二、三度頷き同様に「いただきます」と言って、ふたりほぼ同時に箸を手に取る。
少し冷めた目玉焼きは、過去に食べたどの目玉焼きよりも旨かった。慎重に卵を割り、フライパンを睨《にら》んでいる志乃の姿を想像すると、とびきりおいしく感じられる。

あれが旨いこれも旨いとひと口食べるごとによろこぶ智基の向かいで、志乃は珍しくも静かに箸を使っていた。自身が作った料理については感想を述べる気はないのか、智基の様子を眺めながらたまに頷く程度だ。

それでも、彼が智基の反応に満足しているのだろうということは伝わってきた。優しい眼差しは、旨い、とくり返すたびにどこか得意げな色を帯びる。

「ありがとうございました。とってもおいしかったです」

食後、感謝の気持ちが届くようにと丁寧に礼を告げると、志乃はやはり満足そうに答えた。

「自身が作った食事を智基が口にし、旨いと言ってくれるのは、嬉しいものだ」

彼の返答に、心があたたまった。人間の営みを観察しにやってきた神様は、いつのまにかずいぶんと感情豊かになったと思う。

順番に風呂に入ったあと、寝るには少し早い時間だったため、戸棚の奥から探し出してきた貰い物のハーブティを淹れた。いつも通りテーブルを挟んで座り、主に志乃の質問に智基が答える形であれこれと話をする。

「智基。今日はどのような一日をすごした？」

ひとの生活や文化についての会話が一段落したタイミングでそう訊かれたので、頭の中に残る記憶を朝から順に辿りつつ声にした。大学へ行って、音楽教室で歌って、そこまで喋ったところでふと先ほどのひと幕が蘇る。

「ああ。そういえば、さっき知らないひとから声をかけられたんですよ」

なんとなく帰路での出来事を口にしたのには、特に深い意味はなかった。問われてようやく思い出したくらいの、些細な事柄だ。

「知らないひと？」

「はい。すぐそこの、細い道からさらに横に入る手前の曲がり角で。いきなり名前を呼ばれたからびっくりしました。男のひとで、おれよりちょっと年上……なのかな？　まあ、すぐにどこかへ行っちゃいましたけど」

雑談のつもりで切り出した話を聞き、志乃はまず黙った。それから、いくらか考えるような間を置きどこか難しい顔をして言う。

「公園や音楽教室で出会ったものたちを見てきた限り、人間の多くはなにかしらのよい面を持っているようだ。しかし、個々が違う思考を持ち異なる行動を取る種でもある。いろいろなひとがいて、みなばらばらだと、智基に教わった」

志乃がなにを言わんとしているのかがすぐには把握できず、つい首を傾げた。公園を散歩した日だったか、確かに彼とそんな話をしたことは覚えているものの、それがいまの話題にどう関係しているのかはわからない。

　志乃は、きょとんとしている智基を真っ直ぐに見つめ、こう続けた。

「服を買いに街へ行った日、智基は、いい心がけの人間ばかりではないとも言っていた。正論で突つけば刃物が出てくるかもしれないから気をつけろと」

「ああ……はい。柄の悪いひとたちに志乃さんが注意したとき、ちょっとひやっとして」

「つまり、生き物であるからには病み腐ってしまうものもいる、ということだろう？　そうした人間から害を受けぬよう、智基こそ気をつけろ」

　志乃の言い分を聞き、この男は自分を心配しているのだ、とようやく理解した。声をかけられただけでなにをされたわけでもなし、そこまで訝るべき出来事でもなかったとは思うが、身を案じられるのは単純に嬉しい。

「わかりました、気をつけますね。ほら、おれも志乃さんも携帯持ってるんで、なにかあったらすぐ連絡できますし」

　内心を隠せず少々弾んだ声で答えたら、志乃はさらに難しい表情になった。智基がきちんと理解したのかあやしい、と疑っているような顔だ。

「本当に、気をつけろ」

　それから、テーブルの上にあった手を不意に握られそう告げられて、今度はついびくっと身体を強ばらせてしまった。こうして手を握られるのは二度目だ。はじめててのひらを重ねられたのは一週間前。志乃が、智基の歌が好きだ、と言ってくれた夜だった。

　彼がこんなふうにふるまうのはいつも以上に真剣なとき、きちんと伝えたいことがあるときだと、もう知っている。先日と同様に高鳴る胸を密かな深呼吸でなんとか抑え込みつつ、彼を見つめ返して今度はしっかり頷いた。

「はい。気をつけます。心配してくれてありがとうございます」

「智基に危機が迫るならなんとしてでも助けよう。しかし私の知らないところで起こる災いは防げない。私が智基を大事に思うように、智基も自身を大事にしてくれ」

　智基の返答を受けて続けられた志乃のセリフに、抑え込もうとしていた鼓動がさらに速まった。大事にしたいと感じてくれているのか。料理の並べられたテーブルを見てそんなふうに考えはしたが、こうもはっきり言葉にされると、どうしたってときめいてしまう。

　大事に思う、と口に出すほどこの男は自分を重んじているのだ。改めてそう認識したら、いままで以上の嬉しさが込みあげてきた。

「……わかりました。危ないことはしません。志乃さんがおれを大事と言ってくれるなら、なおさら気をつけます」

　志乃の目を見て先より真剣に答えると、彼はようやく表情を緩めた。ほんの一瞬だけ浮かべられた微かな笑みに、今度は心を射貫かれる。

　彼の微笑みをはじめて目にしたのは、音楽教室からの帰り道でキスをされた夜だった。智基と唇を合わせると、胸のあたりがあたたかくなるような気がする。彼はそう言って小さく笑ったのだ。

　くちづけをした唇で情を仄めかした神様は、今夜は自身の気持ちを智基がきちんと受け止めたことに対して笑みを浮かべたのだと思う。その胸にある感情の細部までは見えないものの、彼が自分に対して興味や好奇心より強い親近感、あるいは好意を抱いていることはさすがにわかった。

　はじめて川辺で話をしたあの日から、徐々に、確実に志乃との距離は縮まってきている。一か月とちょっとくらいであれば、頑張って神様の人間観察を手伝ってみようか。そんな気持ちで連れ帰った神様と、心が通いはじめている。それは自分の思い込みではないだろう。

　その後も、何杯かハーブティを飲みながら、ふたりで音楽や料理について語りあった。何事に対しても志乃の見解は新鮮なもので、耳を傾け頷いたり時々説明を加えたりしてすごす時間は楽しかった。

　こうしてずっと志乃と一緒に暮らしていければいいのに。彼と言葉や視線を交わし華やぐ心の端で、そう思いはじめている自分を否定できなかった。

　志乃川の祭事がある十二月一日でこの生活は終わってしまうのだと考えると、複雑な感情が湧く。こんなふうに嬉しさと切なさを同時に感じる自分は、もしかしたら自覚している以上に彼を好きになっているのかもしれない。

　ときに優しい沈黙を挟みつつもなかなか話題が尽きず、ようやくふたりでベッドに潜り込むころには、時計の針も大分遅い時間を指していた。たたんであった掛け布団を広げ、いつも通り背中合わせに横たわろうとしたら、そこで不意に腕を摑まれて強く引っぱられる。

「智基。許可を求める。唇を合わせてもいいか？」

覆いかぶさってきた志乃からそう訊ねられて、いったんは落ち着いた心臓が再度ばくばくとうるさく脈打ちはじめた。彼の長い髪に頬をくすぐられ、知っているようで知らない感覚が湧きあがる。

「……いいですよ」

前回の指摘に従い律儀に答えを待っている志乃に、勝手に掠れる声でなんとか告げた。彼は唾液を要しているだけなのだし、ここで返事に迷うのもおかしかろう。

志乃は智基の返答にひとつ頷き、視線を交わらせたまま唇を重ねてきた。

過去の数度と同じく、すぐに生あたたかい舌が入り込んでくる。しかし、いつもとは異なりなぜかじっくりと口の中をまさぐられて、少し驚いた。

「ん、ふ……っ、あ」

どうして、と考える余裕はすぐに奪われた。舌先で口蓋をくすぐられてぞくりと鳥肌が立ち、常であれば視線を合わせている目を、思わずぎゅっと閉じてしまう。

唾液を飲みたいだけであればその必要もないのに、志乃は智基の舌を縁から裏側まで時間をかけて丁寧に舐めた。それから、誘われて差し出した舌をこれもゆっくりと絡めあわせる。

「はぁ……っ、あ……っ」

喘《あえ》ぎ以外ではない濡れた声が洩れた。こんなもの、機械的な唾液の摂取だなんていえないだろう。

自分はいま志乃に口の中を、舌を愛撫《あいぶ》されている。

確実に呼び起こされる快感に、身体が緩く反応していくのを自覚し、動揺した。肌は熱を持ち、腰のあたりに欲が生まれる。一度目覚めてしまえば、静まれと念じたところでどうにもならない。

「は、志乃、さん……っ、それ、や、めて」

頭の端にある理性が鳴らす警鐘が聞こえたような気がした。さすがにこれはまずい、言い訳できない。震える腕を上げて志乃の胸を力なく押すと、彼は智基に従いそっとキスを解いた。

「はあ……っ、す、みませ、ん。おれ今日、ちょっと、変で」

きつく瞑っていた目を開けて志乃を見あげ、ほかになにを言えばいいのかわからず謝った。そうしたら、志乃もじっと智基を見つめ返し、どこか悩ましげな顔をしてこう応じた。

「私もだ」

彼のひと言がすぐには理解できず、幾度かの瞬きで意味を問う。志乃は、は、と短い吐息を洩らしてから、智基を見つめたまま告げた。

「智基と唇を合わせると胸があたたかくなるのは知っていた。しかしいまは、熱い。過去に知らない感覚だ」

「……熱い？」

「智基に対してなんらかの強く大きい感情を抱いているように思う。そのせいか、唇で触れると鼓動が速くなる。胸の中も身体も熱く少し息苦しくて、正体の知れないものに追い立てられている。いまの私は、なにかがおかしい」

志乃から正直に自身の変化を明かされて、その赤裸々な表現にますます狼狽した。そののちに、この男も興奮しているのだ、とはっきり理解し、それまでとは異なる高ぶりに襲われた。

川の神様は本来龍の姿をしていて人間の身体には慣れていないのだろうから、彼にはおのれになにが起こっているのかがわからない。しかし、自分にはわかる。この男はいま、自分にキスをして欲情している。

その事実は、くちづけに反応する自分の身体に覚えた動揺も吹き飛ぶような、よろこびを呼び起こした。

唇を重ね、舌を絡めて、ふたりそろって高揚している。それがたまらなく嬉しい理由なんて、ひとつしかない。

自分はこの男に惚《ほ》れているのだ。いつのまにか恋に落ちていたのだ。

いままで、志乃を好きになったのか、これは恋情かと幾度か考えては、時期尚早だと断定を避け曖昧にしてきた。しかしこうなると、もう自分をごまかせないだろう。志乃の言葉や小さな接触にさえときめくのは、それが日々増しているのは、この胸にあるものが彼に対する恋愛感情であるからにほかならない。

では志乃は？　自分に覆いかぶさり悩ましげな目をしている神様の胸にはなにがある？

彼は自分に対して親近感、あるいは好意を抱いている。先ほどそんなふうに考えた。だが、そうした理由だけで志乃曰くなにかがおかしい状態にはなるまい。

彼が言った、なんらかの強く大きい感情とは、恋、もしくはそれに限りなく近いものなのではないか。

「……おかしくないですよ。大丈夫です。明日起きられなくなっちゃうから、とりあえず寝ましょうか」

困惑を面《おもて》に出している志乃にできるだけ優しく告げ、ベッドの上でもぞもぞと身を動かして、いつも通り並んで横たわった。現在の志乃にはなにを説明しても理解できないだろうし、ならば手を伸ばしてはいけない気がする。

志乃を、同時に自分を落ち着かせるために、小さな声で子守歌をうたった。それでもキスで覚えた熱はなかなか身体から去っていかず、ようやく眠りについたころには朝方になっていた。

悩み事がふたつになった。歌、そして恋だ。

前者についてはいまだ自信が持てずにいる。吸収できるものは吸収し、練習をくり返してよりよいものにすべく努力はしているものの、コンクールで勝ち成果をあげるという目標に足るのかはわからない。

後者については、いくらか冷静になったいま、持てあましている。恋をしていると自覚したところで、彼との共同生活は志乃川の祭事が行われる日までの期間限定だ。そう考えると、これ以上思いを深めるわけにはいかなかった。現時点でさえ切なく感じるのに、訪れる別れに耐えられなくなってしまう。

しばしば考え込んでは学友たちに激励されつつすごし、気づけば一週間がたっていた。携帯電話のカレンダーを見つめ、全国大会まで半月もないのかとさらなる焦りを覚える。

それでも、大学帰りに出向いたアルバイト先の音楽教室で、子どもたちとともに歌う時間は、楽しかった。彼らの曇りひとつない表情や朗らかな声の中にいると心があたたまる。

気分転換という表現は少し違うと思う。もしかしたら子どもたちの屈託ない姿に励まされているのかもしれない。教える立場でありながら彼らの歌に学ばねばならないこともある、ような気もするが、それがなんであるのかはわからなかった。

最近にしては珍しく晴れやかな心持ちで歌い、音楽教室を出ていく子どもや保護者を見送った。そのあと授業の後片づけを手伝って、帰路につくころにはあたりも暗くなっていた。

心地よい疲れの中で見あげた空には低い雲がかかっており、残念ながら月も星も見えなかった。教室にいるあいだに降った小雨で建物や道が濡れており、夜の空気をしっとりと湿らせている。

いまごろ志乃はひとりでなにをしているのだろう。部屋で新たな発見をして夢中になっているか、食事の用意をしているか。いずれにせよ腹も減る時間だと、薄暗い中水たまりを避《よ》けながら家路を急ぐ。

その道を塞がれたのは、そろそろマンションも見えてくる自宅付近だった。細くひとけのない近道で、一週間前に見知らぬ青年から声をかけられた曲がり角のあたりだ。

智基の前に声もなく立ち塞がったのは、まさにあのときの青年だった。小さなショルダーバックをかけているのみで先日のような大きな鞄は提げていない。

ひどく深刻な、追い詰められたような青年の表情にまず驚いた。次に、無言で彼が取り出した折りたたみ式のナイフを目にして一瞬で身体が冷える。かちりと音を立てて開いた刃先を向けられて、強い危機感が全身に広がった。

強盗？　愉快犯？　何者だ。

緊張と恐怖のせいなのか、耳鳴りが聞こえてくるくらいにめまぐるしく思考が働いた。危機的状況に置かれるとひとはかえって頭が冴《さ》えるのだとはじめて知る。

落ち着け。こんなときはどうふるまえばいい、なにを言えばいい？　慎重に考えろ。自分が下手に動じれば、相手もつられて熱《いき》り立つかもしれない。

「……なんですか」

怯えが伝わらないようにと、可能な限り平静を装って声をかけた。相手が刃物を持っている以上、走って逃げるのは良策ではないだろう。追いかけられて背中から刺されたら死ぬ可能性だってある。ならば視線はそらさず、対話でなんとかこの場をしのぐしかない。

「全国大会を棄権してくれないか」

青年は智基にナイフの刃先を向けたまま、ようやく、絞り出すようにそう言った。刃物を持っているのだから圧倒的優位にあるはずなのに、彼はむしろ智基より緊張しているように見えた。その声音も、威圧的に脅すというより懇願するものに感じられる。

　これならばいきなり切りつけられるということにはならなそうだ。密かに深呼吸をし、青年を真っ直ぐに見つめたまま、彼に気づかれないようそっと右手を後ろに回した。

　尻ポケットに入っている携帯電話を手探りで操作し、ワンタッチ設定をしているアイコンのあるあたりに触れる。一か八かではあるものの、うまくいけば志乃に渡した端末が鳴るはずだ。そして彼が電話を受けてくれれば、話はできずともこちらの声は聞こえる。

　青年が不審を抱けば終わりだと、そろそろと手を動かしながらも全身に冷や汗が滲《にじ》んだ。しかし彼にはその動きに気づく余裕もないのか、切羽詰まったような目をして智基の顔を凝視しているだけだった。

　大丈夫だ、落ち着け。再度自分にそう言い聞かせ、青年の言い分を頭の中でくり返した。

　全国大会を棄権してくれないか。それはもちろん、十一月末に行われるコンクールのことを指しているのだろう。ほかに思い当たる節もない。

「様子を見にいった東京大会の会場で、君の歌を聴いた。だからわかった。僕では君の技巧に勝てない」

　どう答えればいいのか考え込んでいる智基に向かって、両手でナイフを握りしめたまま青年はそう告げた。

「だが、僕は一位になる必要がある。今回が在学中最後のコンクールなんだ」

それから、不用意なことも言えず依然黙って言葉を探している智基が声を発する前に、間を置かずに続けた。

「親族や教員、友人からもよい結果を求められている。ここで成果をあげなければみなに失望され僕の存在価値はなくなる。僕にあるのは歌だけなんだ。それを認められないということは、僕自身が認められないのと同じだ」

青年の声に含まれる焦燥感が増していくのと反比例するように、ゆっくりと冷静さが戻ってきた。なるほど彼は自分同様、コンクールの地区大会で予選本選を通過し、迫る全国大会に出場する学生であるらしい。

「だから、勝たなければならない。なのに君がいる」

苦しげな声で言い、彼は最後にこう加えた。

「……君が歌えば僕は、一位になれない。生きている資格がなくなる」

青年の引きつっている顔と細かく震えるナイフの刃先を見て、なぜかひどく哀しくなった。彼の訴えは痛いくらいに切実で、胸に刺さるようだった。

青年の気持ちは、智基にはわかる気がした。成果をあげなければならないというプレッシャー、しかし勝てないという自信のなさ、それらは自分も同じように抱えているものだ。

両者とも大きければ大きいだけまわりが見えなくなるし、押し潰されそうにもなる。悩んでもがいて苦しんで、そうして追い詰められた結果、彼はこんな暴挙に出たということか。

自分がまさに一直線に進んでいる道の果てを客観的に見せられているようで、どうしようもなく胸が痛んだ。一歩間違えれば、いまここでナイフを摑んでいるのは彼ではなく自分だったかもしれない。そう思うと、卑怯《ひきょう》だ、浅慮だと単純に彼を侮蔑することもできなくなった。

とはいえ、平常心を失っているのだろう青年を相手に、どう声をかければいいのか。下手に刺激すれば逆上した彼にナイフを振りかざされるかもしれないし、そもそもなにを言えばいいのかわからない。

似たような苦悩を背負っているのだと明かしても、自分だって解消方法を知らないのだ。そんなふたりが、この張りつめた空気の中で話をしたところで、彼が納得してナイフを下ろすような展開にはなるまい。

緊迫感に充ちる細道に変化が訪れたのは、頭の中を駆けめぐるそんな思考が着地するより早いタイミングだった。曲がり角のすぐ先にある横道から、足音もなく志乃が突然現れたのだ。目論見《もくろみ》通り、智基がかけた電話を受けてくれたのだろう。

高い位置で結んだ黒髪に整った顔、緑色の瞳。いつのまにか見慣れていた姿を目にして智基がほっとする前に、志乃はいやに綺麗な所作で右手を上げた。

青年が踏んでいた水たまりに明らかな変化が起こったのは、志乃が右手の指を鳴らした次の瞬間だった。水面が凍りつき、さらには分厚い氷が青年の身体を覆うように這いあがる。足もとから氷像のように固まっていく青年の姿は、智基の目には非現実的でひどく異様なものに映った。

志乃はその間、ひと言も声を発さなかった。苦痛もあらわにナイフを取り落とす青年を見るその美貌には、表情もない。

彼はひとならざるものであると改めて思い知らされるような、強く鋭い、揺るがぬ眼差しについ息をのむ。月も見えない夜空の下で水を操る右手をかざし、平然と、堂々とそこに立っている志乃の姿は、畏れを呼ぶほどに厳かだった。

確かにこの男は、志乃川の神様だ。いまさらながらに、頭ではなく感覚にはっきりとそう刻み込まれる。

志乃は青年を長く苦しめはしなかった。雨に濡れた地面にナイフが落ちるのを認めた志乃が再度指を鳴らすと、青年の身体を覆っていた氷があっけなく砕け散る。

すぐに解放されはしたものの、おのが身になにが起こったのか理解が追いつかないのか、青年は呆然とその場に立ちすくんでいた。突然不可解な現象に襲われたのだ、志乃を知る前の自分だって同じ反応をするに違いない。

志乃は、上げたときと同じくなめらかな動きで右手を下ろした。それから、身じろぐこともできずに志乃を凝視している青年に問うた。

「歌に勝敗があるのか？」

勝てない、勝たなければと言った青年の声を電話越しに聞いていたのだろう。だからこそ志乃は彼にそう訊ねたのだと思う。

青年に向けられた短い問いかけは、智基にとっても非常に重い意味を持つものだった。青年が手にしていたナイフよりもはるかに鋭利な刃物のように、胸に突き刺さる。

――歌に勝敗があるのか？

そうだ。歌には勝ちも負けもない。誰かと較べてどちらが優れているだとか、そんなもの、実はどうでもいいことなのではないか。

望月智宏の息子として認められたい。そのためにまずは目前のコンクールで成果をあげたいとばかり考えていた。このままでは勝てないだろう、どうすれば勝てるのだろう、練習するのみとおのれに言い聞かせ歌いながらもその思いに囚われていた。

しかし、それはきっと、愚かな間違いだったのだ。

志乃、智基、名も知らぬ青年の三人ともが、しばらくのあいだ無言になった。普段でも少々まわりから浮いている志乃は、こうした場面ではひときわ異質な存在感を放っていて、そのせいか薄暗い細道にますます緊迫した空気が充ちる。

身動きするのもはばかられるような雰囲気の中、まずは大きく息を吸い、吐いて、緊張を逃がした。そののちに、青年に歩み寄って身を屈め、落ちているナイフを拾いあげる。

志乃の問いを聞きようやく自覚したおのが愚かな間違いを、それに囚われていてはならないという気づきを、いま目の前にいる彼にも伝えたい。自分が言葉を使うべきは、いまだ。

「こんなものを使っても、なにも解決しないんじゃないでしょうか」

はっとしたように視線を智基に移し、微かな怯えを面に出した青年の前で、ナイフを折りたたんでからなるべく静かに言った。それでも彼からの返答がないので、思考を整理しつつ順序に気づかい声にしていく。

「おれはあなたの気持ち、ちょっとわかりますよ。父親が有名なこともあって、すごくプレッシャーを感じます。成果をあげなければと思えば思うほど、逆に自信はなくなっていくし」

真っ直ぐに見つめた先で青年は、少しばかり驚いたような顔をした。青年にとっては、望月智宏の息子がおのれの歌に自信がないというのは意外だったのだろう。

誰だって他人を前にすれば、まずはその立場や環境に目がいく。それらに恵まれたものが、だからこそ悩んでいるとは考えないかもしれない。

「でもきっと、音楽ってそういうものじゃないです。おれもいまようやく思い出したから、偉そうなこと言えませんが」

説得したいというのではなくただ自分の考えが青年に伝わるようにと、わかりやすい言い回しを選んで続けた。

「音を楽しむって、書くじゃないですか。いつのまにか忘れかけてましたけど、おれ、子どものころはもっと楽しく歌ってました。当時みたいにまずは自分が楽しむのが、本当の意味での音楽なのかもしれません」

青年も志乃も黙っている静かな夜道で、自分の声だけが聞こえるのは少し変な心地だった。しかし、ほかの誰でもなく自分がここで発言しなければならないと、丁寧に言葉を重ねる。

「おれだって理想の声には届いてません。それでも心を込めて楽しく歌うんです。そうすれば、聴いてくれるひとの心にも届くかもしれない。みんなを楽しませられるかもしれない。歌ってきっとそういう純粋なもので、勝ち負けなんて実は二の次なのかもしれませんよ」

志乃が呈した疑問への答えは多分、こういうことなのだと思う。青年へ向けて述べながらも、まるで自分に言い聞かせているようだと感じた。

自分も歌いたいと父親に訴えた子どものころ、おのれはなにを考えていたか。心底楽しそうに歌う父親のように、音を楽しみたいと望んだのではなかったか。その感情はいつしか、彼の息子に相応しくあるために成果をあげたいという欲に変質していたが、いまこそそれを芽生えたばかりのころの純粋な願いに戻すべきなのだ。

青年は智基が語る思いを聞き、毒気を抜かれたような顔になった。音楽に関わるものとして、なにかしら感じるところがあったのかもしれない。

血走っていた青年の目に落ち着きが戻るのを認めてほっとした。魔が差しはしたものの、根っからの悪人というわけではなさそうだ。むしろ、ついいましがたナイフを向けた相手の話に耳を傾けるほどには生真面目な青年であるらしい。

「勝ちとか負けとかは関係なしに、おれはあなたの歌を聴いてみたいです。全国大会で会いましょうね」

折りたたんだナイフを差し出すと、青年は驚いたように目を瞬かせてから、どこか悩ましげな顔をして受け取った。もう刃先を出す気もないらしく、力ない手つきで小ぶりのショルダーバッグにしまう。

それから彼は再び、畏れと怯えの入り交じったような眼差しで志乃を見た。知る範囲の自然法則に反する力を使われ、いきなり氷にのまれそうになったのだから、その力の持ち主である志乃を怖がるのは当然だろう。

目を向けられても口を開かず、身動きすらもせず立っている志乃の姿になにを感じたのか、青年は僅かにうつむいた。もしかしたら彼なりに、謎めいた人物が発した問いへの返答を探していたのかもしれない。

幾ばくかの沈黙が流れ、そののちに彼は、志乃ではなく智基に視線を戻して小声でこう告げた。

「……歌に勝敗があるのかどうか、僕はすぐには答えられない。大会までのあいだ、ちゃんと考えさせてくれないか。いずれにせよ今日は、悪かった」

おそらく青年にとっては、まったく正体の知れない志乃を相手にするより、少なくとも同じ学生ではある智基に詫《わ》びるほうがまだ心安かったのだろう。彼が口にした素直な言葉に、つい安堵の吐息が洩れる。

あまりうまくは喋れなかったかもしれないが、自分の思いはいくらかでも彼に伝わったらしい。そして彼は、おのが身になにが起こったのかはわからないながらも、志乃が口にした疑問や智基が告げた気持ちをきちんと受け止めてくれたようだ。だからこそ、謝罪するだけでなく、考えさせてくれないか、と言ったのだ。

　悪意も害意もはがれ落ちたといった様子で去っていく青年の背を、黙って見送った。そこで、靄のかかっていた自分の胸に晴れ間が見えていることに気がついた。

　望月智宏の息子として認められたい、だから勝たなくてはならない。そうした重苦しいプレッシャーが軽くなっている。

　自分自身の言葉にして、はじめてわかった。音楽には、勝敗に拘泥する感情なんて必要ない、むしろ邪魔なものだ。そぎ落として残るものこそが、歌の本質だ。

「あの人間も心根は純粋なのではないか」

　青年の姿が完全に見えなくなってから、智基に歩み寄った志乃がようやく声を発した。

「生真面目なところもある。それゆえに一筋の道しか見えず、思いがこじれてこのような行動に出たのだろう」

「そうですね。あのひとはきっと、もう今日みたいなことはしないと思います。おれに謝ってくれたし」

「彼が刃物をしまったのは智基の心が届いたからだ。智基は強い。私は、人間には道を誤りそうになっている他者を目覚めさせる力があると知った」

感心したような口調で続けられ、ほっと肩から力が抜けた。思いがこじれてというのなら、勝手に重圧を背負っていた自分だって似たようなものだ。同じ悩みを抱えたものに、志乃の言うようにこの心が届いたなら、覗いた晴れ間を少しでも見せられたのなら単純に嬉しい。

青年が消えていった道の先から志乃に目を移し、彼の視線が返ってくるのを待って、いまさらながらに礼を告げた。

「志乃さん。助けてくれてありがとうございました。あなたが来てくれなかったら、おれもあのひともこじれたままだったと思います」

志乃は目を細めて短く「いや」と答えた。そののち、マンションに戻る道をてのひらで示しながら、優しくつけ加える。

「智基を助けたのは智基自身だ。あの人間を助けたのも、智基だ」

そうではない、あなたのおかげなのだ、と重ねるのはやめておいた。神様がまた新たな人間の一面を知ってくれたのであれば、それでいいのだろう。

先に道を歩き出した志乃の隣に並び歩調を合わせつつ、ついいましがたの出来事を思い起こした。歌に勝敗があるのか、志乃のそのひと言で少しは目が覚めたし、同時に青年を引き返させることもできた。

智基自身が楽しんでいなければ、あるいは心を込めていなければ、歌声は本来の力を発揮できない。

つまり、音を奏でるうえで必要なのは楽しむこと。心を込めて歌うこと。いつか志乃が教えてくれたのに、自分はちっともわかっていなかったのだ。

　しかしいま、ようやく理解できたと思う。風や鳥が応えてくれるような、あの心地よい感覚を得るひとときにこそ、自分は真の意味で歌っているといえるのだろう。

　自宅のドアを開けて先に志乃を通し、自分も中に入って靴を脱いだ途端に、足から力が抜けた。上がり框《かまち》にへなへなと座り込んでから、自分がひどく緊張していたことを知る。

　見知らぬ青年にナイフを向けられたときの恐怖が鮮やかに蘇り、改めて肌が冷えた。それから、いまさらのもどかしさみたいなものも湧いてくる。

　振り返れば、気持ちを伝えたいという思いが先行し、自分ばかりが話をしてしまった。対話になっていなかった。もっとしっかり相手のことを考えて、青年の心情を丁寧に聞き出し、自分も彼をきちんと理解すべく努めるべきだったかもしれない。

「智基？」

「ああ、いえ。すみません。なんか安心したら力が抜けちゃって」

　振り向いた志乃に声をかけられそう返すと、彼はひとつ頷き手を差しのべてきた。それに縋ってなんとか立ちあがり居室まで歩く。

いつも通りテーブルの前に座り、同様に腰を下ろした志乃と向かいあって、ようやく人心地がついた。まずは「ありがとうございます」と礼を述べたのち、安堵で気が緩んだせいか感じた歯がゆさをつい零してしまう。

「一生懸命喋りましたけど、おれ、自分が言いたいことを一方的に言っただけで、あのひとの話をちゃんと聞けませんでした。父親から他人を重んじろって教わってきたのに、大事なところでうまくいきません」

口にしてから、こんな弱音まで吐かなくてもよかったと気づいたが、志乃が黙って続きを待っているようだったのでいまさら撤回できずに続けた。

「……父親だったら、もっと上手に立ち回れたんでしょう。歌も、ひととしても、おれは父親に追いつけないです。血がつながってるのに、同じにはなれないですね」

志乃は智基の言い分を聞き、少しのあいだ無言になった。それから、智基が自分の弱気な発言に改めて後悔を覚えはじめたころに、唐突にこう乞うた。

「智基。志乃川で聴いた歌をもう一度うたってほしい。いま、このときに、心を込めて」

意味がわからずに一瞬きょとんとした。なぜいまなのだ。それでも、志乃に応えたいと頷き、彼の意図も理解できぬまま唇を開く。

志乃が求める川で聴いた歌とは、父親が息子にあてて作ってくれた大切な一曲だ。志乃のために、父親のために、そして自分のために、心を込めて音を紡ぐ。

瞼を伏せて歌いつつ自分の声を聞き、優しく美しい旋律だと、いまさらながらに実感した。

父親から曲を贈られたときには嬉しくて、また誇らしかった。自分だけが歌えることによろこびを覚えていた。しかしそればかりに気持ちが向いていて、父親がこの曲に授けた優しさや美しさを、これまでの自分は感じ取れていなかったのかもしれない。

「智基に似合う、よい旋律だ。まるで智基のために作られた曲のようだ」

短い曲を歌い終え口を閉じると、いくらかの間のあと志乃からそんなふうに告げられた。彼の声につられて瞼を上げたら、常より真摯な、また仄かな熱を帯びた口調でこう続けられる。

「智基の歌は素晴らしいと、私は思う。優しく穏やかで、透明な水面のように澄んでいる。耳に心地よく胸が落ち着く。智基が思いを込めればより素晴らしいものになると確信した」

志乃が発したセリフに正直少々驚いた。快い、力がある、好きだ、そうした表現で肯定してくれたことは幾度かあったが、ここまで褒められるのははじめてだと思う。

いや、そうではないか。この神様はいま自分を褒めようなどとは考えていない。ただ感じたままを真っ直ぐに伝えようと、言葉を尽くしてくれているのだ。

「聴くものの心まで優しく、穏やかになる。尖る気持ちが凪ぐ。それは智基だけが持つ力だ。智基の歌の力だ。誰にも真似できないし誰かを真似る必要もない」

「……おれの歌の力」

「そうだ。唯一無二のものだ。誇れ」

ついくり返したら、最後に強い声で加えられて、ぞくりと知らない高揚が湧いた。誇れ。教員にも友人にも、いままでこんなにはっきりと告げられたことはない。

誰にも真似できないし誰かを真似る必要もない。自分の歌は唯一無二のもの。

父親に憧れ同じように歌いたいと願った。それでこそ望月智宏の息子の声だと認められたかった。あの狂おしいまでの望みもまた、勝手に背負っていた重圧同様、不要なものか。

志乃の言う通りだ。自分だけの歌声を、個性を、誇ればいいのだ。

いつだったか志乃に、成果をあげたいが父親のようには歌えないから自信がない、という心のうちを明かしたとき、彼は智基の歌が好きだと告げてくれた。優しく手を握り、智基も自身の歌を好きになれるといいとも言った。あのとき志乃が自分に伝えたかったのは、多分、こういうことだったのだと思う。

心の靄が、今度こそ完全に消え去るのを感じた。

自分の歌を好きになろう。ほかの誰でもなくまずは自分が愛そう。そうすれば、ずっと掴めなかった自信に手が届くのかもしれない。

「……この曲。子どものころ、父親がおれのために作ってくれたんです」

しばらくのあいだ黙って胸に湧きあがる思いを噛みしめたあと、いままで言及したことのなかった過去に触れた。それから、志乃の返事は待たずに続ける。

「父親とは違ってもいい、おれらしくあれ、優しくあれって、おれに似合う曲を贈ってくれたんでしょうか。だったら、おれはあのひとの気持ちをなんにも理解してなかったですね」

「いま理解したのならよいだろう。音を楽しめ、智基。成果とはあとからついてくるものだ」

一瞬息を詰め、そののちに深く頷いた。改めて志乃から言われると身に沁みる。まずは自らが音を楽しみ心で歌う、結果はそれに付随するものでしかない。真に音楽を愛し尊ぶのなら、大会で勝つことを一本道の先にある目的としてはならないのだ。

志乃が語るひとつひとつの言葉は、まるで音楽の旋律のようにするすると心に吸収された。自分は彼に対し、好きだとか恋をしているだとか、そんな表現では足りないほどの強い思いを抱いているのだとその事実に教えられた。

志乃を信じている。誰よりも近い存在だと感じている。きっとこれを愛しているというのだろう。だからこそ、こうして彼に救われる。

もう引き返せない、はっきりとそう自覚した。志乃が自分とは違う存在だからといって、いずれ山へ帰ってしまうと知っていたって、もうこの感情を打ち消すことはできない。


翌日の午後。大学での個人レッスンを受けた際、最後に教員に拍手されて驚いた。それまでは、問題ない、もっと自信を持っていいと評されるばかりで、こんなふうに手を叩かれたことはない。

「胸につかえていたものが吹っ切れたのかな？　今日の望月くんの歌は、技巧を活かしながらものびのびとしていて、いいと思う。なにより楽しそうだ。聴いている僕まで楽しく、明るくなるね」

　教員の、指導というよりは個人的な称賛に、ぱっと気持ちが華やいだ。自分の歌が誰かの心を明るく照らせるのなら、それはとても嬉しいことだ。

　礼を告げてレッスン室を出ると、廊下の向こうから歩いてくる古屋の姿が見えた。前にもこうした場面があったなと思い起こしつつ「お疲れ」と声をかける。確か十月最後の日、智基が零した弱音を、彼は真剣な表情をして聞いてくれた。

　ひとつの理想を追うことだけが正解だと思い込むのは危ない、視野が狭まる。見えていないところにも大事なものがあるかもしれない。頭を悩ます親友に彼がそんなアドバイスをくれたことはもちろん覚えている。

「望月か。今日はずいぶん晴れ晴れとした顔してるな？」

　歩み寄ってきた古屋がそう言ったので、少し考えてから、彼にはきちんと礼を言うべきだろうと返事をした。

「大事なものが見えた気がする。あのときはありがとう。おまえが言ってたこと、ようやくわかった、と思う」

「あのとき？」

「前に愚痴を聞いてくれたとき。おまえ、右とか左とか斜めとかも見ろ、大事なものが転がってるかもしれないっておれに教えてくれただろ」

古屋は、智基の返答を聞いて困ったような表情を浮かべた。力を込めて智基の腕を叩き「参ったなあ」と口にする。

「おれは望月にそんな偉そうな説教をしたか？　余計なお世話もいいところだな」

「いや。おまえが言ったことは的確だった。すぐにはのみ込めなかったけど、ちゃんとおれのものになったよ。ありがとう」

「やめてくれ、小っ恥ずかしい。おれはなにもしてない。でもまあ、おまえがすっきりしたならよかったよ。じゃあな」

もう一度智基の腕を叩き、古屋はさっさと廊下を歩み去っていった。親友から感謝を告げられ照れくさかったのかもしれない。

少しの時間自主練習をしたあと、アルバイト先の音楽教室へ出向いた。いままでも、子どもたちと歌っているあいだは雑念を忘れられたが、今日はとびきりに楽しかった。

見たことのない綺麗な小鳥が飛んできて窓のすぐ外でさえずるさまを、はしゃぐ子どもたちと一緒になって眺める。まるでともに歌っているようだ、まま覚えるあの心地よさに包まれた。

昨日の一件を経て、自分の悩みはきちんと解消されたのだろう。開け放った窓から吹き込む優しい風を感じながらそう考えた。いつもより自然に声が出るし、なにより楽しい。これが、おのれの歌を受け入れて、はじめて味わえる真の音楽だ。

　それから数日がたち、迎えた祝日。先日とは違い、平日の合間にふと訪れた空き時間にも焦りは感じなかった。

　午前中は志乃とともに、溜まっていた家事をひと通り片づけた。その後、せっかくのオフで時間もあるのだからと、午後のコーヒーを飲んでいる志乃に乞う。

「あの。もう一度、歌を聴いてくれませんか。今度のコンクールの課題曲なんですけど、そういうの関係なしに」

　コーヒーカップを置いた志乃が頷いてくれたので、僅かばかり緊張しつつも唇を開いた。自分の声を大事にしたい。それから彼への感謝や愛情、そういった思いを込めて丁寧に歌う。

　志乃は黙って最後まで聴いたのちに、いくらかの間を置いて告げた。

「快い。どのような曲であれ、心で歌えばそれは智基の旋律になるのだろう」

　先日は、なにかが違う、心に響いてこないと評した志乃に優しい眼差しを向けられて、ほっと肩から力が抜けた。今日の歌はどうやら彼のお気に召すものになったらしい。

　それから彼は、真っ直ぐに智基を見つめて続けた。

「実に美しい、智基自身の声だ。胸にあたたかな明かりが灯《とも》る。知らず引き込まれる。これは私の考えでしかないが、あとは、より曲に寄り添えればさらに素晴らしいものになるのではないか」

　惜しげもなく褒められ、最後に指針を提示されて、力強く「はい」と返した。照れくささと同時に意欲が湧いてくる。ずっとともにある父親から贈られた曲と同じように、この一曲とも心を通わせよう。そうすればもっといい歌声が出せる、と志乃は教えてくれたのだろう。

唯一無二の、自分だけの声を誇れ。あのとき志乃が真摯に紡いでくれたいくつもの言葉で目が覚めた。

全国大会まであと一週間。この声を聴いてくれるみなの心に音楽を届けたい、楽しさを分かちあいたい。そのために力を振り絞ろう。

志乃が言ったように成果はあとからついてくるものだ。勝ちだとか負けだとかに気を揉んでいたって意味はない。いま必要なのは、より広く、遠くまで、誇りを胸に自分の声を響かせるべく努めることだ。

歌と恋、悩み事がふたつになった。そんなふうに考えたのはいつだったか。

前者が解消され目指す道が見えたいま、後者はより色濃くなった。空や木々、陽の光、景色が輝いて見えるほど恋情は日々強くなるのに、それを抑え込まねばならないと理性が語りかけてくる。

なにせ彼はもう少しで山へ帰ってしまうのだ。

ともすれば唇から零れそうになる熱く切ない気持ちを、その事実を直視することでなんとかのみ込んだ。せめて伝えるだけでもという願いはあれど、ひと言声にすればみっともなく縋ってしまいそうで、告げることすらできない。それが焦れったいし、苦しい。

大学での講義やレッスン、自主練習、音楽教室でのアルバイトと忙しくすごしながらも、頭の中も胸の中も歌と恋のふたつでいっぱいになっていた。歌に関しては、ずっと掴めずにいた自信にいまにも手が届きそうなくらいには仕上がってきた。しかし恋はままならない。

そんな日々を経て、大会まで残すところあと数日となった平日の午後。まだ早い時間の校舎から眺めた窓の外には強い雨が降っていた。傘を差しても濡れそうな雨脚は、少し様子を見てみてもいっこうに弱まる気配がない。

尻ポケットで震えた携帯電話に大雨注意報が表示されているのを認めた時点で、落ち着くまで校舎に居座るのは諦めた。

「これは待っても無駄だな」

学友たちとのたわいない雑談の合間に智基が呟くと、同じ場にいた古屋も自分の携帯電話を見て同意を示した。

「そうだな。待てば待つほど身動き取れなくなりそうだ。これ以上雨がひどくなる前に帰るか」

「そのほうがよさそう」

みなで帰ろうと声をかけあい、各々楽譜や資料で膨らんだ鞄を手にした。傘をぶらさげ歩き出す学友たちの最後尾でいったん立ち止まり、液晶画面の防災速報をタップし詳細を確認する。それによると、どうやら宮神山付近がもっとも強雨となっているらしい。

川の氾濫《はんらん》に注意してください。そんな一文を目にして不安がよぎった。

川辺で志乃とはじめて向かいあったのは宮神山の奥深くだ。志乃川は神様を欠き、いまどんな様子なのだろう。

いくら八条川の神様に預けたとはいえ、自らの統べる川を留守にしている志乃は、この天候に懸念を抱いているかもしれない。そう考えたらどうしようもなく志乃が心配になった。テレビやインターネットで情報を得る手段までは教えていないから、彼には山の状況がわからないと思う。

まずはとにかく志乃のもとに戻ろうと、大学の門を出て学友たちと左右に別れた。想像した通り、傘を差していてもびしょ濡れになっていく靴で家路を急ぐ。

志乃川は神様が住まう山中の渓流より下、ひとの暮らす土地へと続いているのだし、氾濫すれば少なからず周囲に影響が出る。人間に興味を抱き山から下りてきた神様は、いま、どのような心境にあるのか。

何事もなるに任せるのが私の常だ。志乃は、宮神山で八条川の神様にそう言っていた。自然を司る神なのだから、きっといまだって同様に考えるだろう。

だが、どうにせよ志乃川の動静は気にかかるに違いない。ならば早く帰って志乃に現状を教えてやるべきだ。

強い雨に苦戦しつつなんとかマンションに戻り、エントランスで傘を振り水気を払ってからエレベーターに乗った。四階で下りて自宅のドアを開け、ようやく辿りついた我が家の玄関に立ち人心地がつく。

「ただいま」

濡れた靴を脱ぎながら声をかけても、しかし志乃の返事はなかった。帰宅の挨拶を教えて以降、彼は必ずおかえりと迎えてくれていたのにと、不自然さに首を傾げる。

鍵がかかっていた以上、志乃がひとりで外へ出たということはない。そう広くはないワンルームだから声が届いていないはずもないが、なにかに夢中になっていて自分が帰ってきたことに気づいていないのか。

靴下は脱いで足を拭き、素足で短い廊下を歩いた。そっと居室を覗き込むと、いやに深刻な表情をして窓際に立っている志乃の横顔が目に入った。

彼の視線は窓の外に向けられており、動く気配もなかった。なにを言うでもなく、雨に霞む景色をただじっと睨んでいる。

「志乃さん。帰りました」

改めて声をかけると、志乃は不意を突かれたかのように数度瞬きをしたあと、ようやく智基に目を移して「おかえり」と口にした。やはり、降りしきる雨に意識が向いていて、智基が戻ったことには気がついていなかったらしい。

智基に応じるひと言はいつも通りだった。しかしその口調は普段と異なりどことなく硬く、眼差しも鋭い。

彼は強雨を気にかけているのだろう、というのはわかった。まずは携帯電話で確認した防災速報の内容を伝えようと口を開きかけたら、それを遮るように志乃が言った。

「志乃川が暴れている。このままではあふれる。宮神山の方向から、主がいない川の混乱が伝わってくる」

山はそこそこ遠方であるのに、神様にはそんなことまでわかるのかと正直驚いた。状況を知る手段がなく困っているのではないか、なんて心配は不要のものだったようだ。

志乃はそこでいったん黙り、短い間を置いたのち唐突にこう告げた。

「智基。いまから、志乃川の渓流へともに行ってはくれないか」

「えっ？」

予想外の要求につい間の抜けた声を洩らしてしまった。それになにを感じたのか、志乃はぽかんとしている智基に歩み寄り、きちんと向かいあって説明しはじめた。

「志乃川が暴れあふれようと、それが自然の姿だ。だから留守を頼んだ八条の神は川を鎮めはしないだろう。我らは数千年のあいだ、そうして物事を自然に委ね存在してきた」

志乃の言い分は、自然を司る神様ならなるに任せるという予想の通りだった。いまさらの落胆も覚えず頷いて返すと、そこで彼は僅かばかり焦れったそうな顔をした。

「以前の私であっても放っておく。しかし現在の私は、放ってはおけないと感じている。川が氾濫すれば人間に被害が出る」

「……え？」

「だから一度宮神山に戻り、川を鎮める。そのためには智基の力が必要だ」

志乃の言わんとするところがすぐにはわからず、まともな返事ができなかった。この神様はなぜ川を鎮めようとするのか。そして自分の力が必要とはどういう意味だ。

首を傾げている智基を認め、志乃は常より丁寧に、言い聞かせるように続けた。

「川の神は本来自然に従うものだ。逆らう理由もない。人間のためにその行動原理をくつがえすには、幼き智基が溺れたときに抱いたような、人間自身の強い思いや祈りが必要だ」

人間のために。つまり志乃は、ひとに被害が出ないよう行動原理をくつがえしてまで動くと、そう言っているのか？

「……人間を、助けてくれるんですか」

「このひと月ほどで、人間は基本的にいじらしく愛《いと》おしい存在だと知った。だから私は彼らのために行動しよう」

迷うでもなくそう言った志乃に、不意に感動のようなものが込みあげ、また声が詰まってしまった。人間嫌いでずっと関わりを持たずにいた神様は、自分とともに暮らすあいだにさまざまな人物の姿を目にしたことで、ひとに愛着を抱くようになったのだ。だからこそ、人間を助けるために神の力を使い、川を鎮めようと考えている。

川の神様が、志乃がひとを愛してくれるようになった。好きになってほしいと常々思ってはいたが、実際にその口から告げられるとこんなにも強い嬉しさを感じるなんて、想像していなかった。

「花を愛で、小鳥のさえずりに耳を傾ける。人間は、無自覚ながらも自然の中に生きよろこびを見出している」

　語られる言葉に再度頷くと、志乃はそんな智基を見つめて続けた。

「また、人間の多くは純粋で真面目な心を持っているのだろう。強くもあり弱くもあるため、ときにその弱さから病み腐る場合もあるが、そうした道を踏み外しそうになっている他者を目覚めさせることもできる」

「……はい」

「人間にはよき方向へ進もうという自浄作用があるようだ。個としても種としても彼らは懸命に生きている。そのような存在に害が及ぼうとしているのであれば、私は助けたいと思う」

　ようやく短く応じたら、さらにそう重ねられて、胸が熱くなった。志乃がひとを救うべく動いてくれる、そのために宮神山へ同行してほしいと言うのであれば、当然ついていきたい。

「必要なのは強い思いや祈りだけではない。歌もだ」

　頷いて同意を示す前に、志乃に優しく両手を握られて、真剣な口調で言いつのられた。

「智基の歌には力がある。その力を借りたい。智基ならば荒れる自然を宥められるだろう」

「……おれの、歌」

志乃が口にした説明をすんなりのみ込むのは難しく、ついぽつりと零した。彼から再三力があると言い聞かされてはいたものの、自分ではこの歌声にどんな力があるのか、いまいち把握できていないのだ。

「……おれ、なんでもします。でも、おれの歌は役に立てるんでしょうか。志乃さんは力があるって言いますけど、おれにはよくわからなくて」

正直な気持ちを声にすると、智基の手を握る力を強めて志乃がこう告げた。

「いまはまだ、わからなくてもいい。智基の歌に力があるのは事実だ、私がそれを知っている。だから、ここは私を信じて、力を貸してはくれないか」

つけ加えられたセリフを聞いても、やはり自分の歌の力は理解できないままだった。しかし、私を信じて、というひと言は心に響いた。

志乃と力を合わせたい、その思いは確かに胸にある。志乃がそこまで言ってくれるのだから、いまは彼の言葉を信じ、自分にできる限りのことをやってみよう。

「わかりました。ちょっとでも役に立てるように頑張ります。だからおれも、一緒に行かせてください」

手を握り返して答えたら、志乃は強い眼差しで智基を見つめ「では宮神山へ向かおう」と言った。すぐに手を解き先に立って玄関へ向かう彼の姿から、もはや一刻の猶予もないのだという状況は察せられた。

慌てて彼のあとを追いかけ、マンションの地下駐車場まで階段で下りる。どうしても逸《はや》る気持ちを落ち着かせ、強雨の中慎重に父親が遺《のこ》した車を走らせて、宮神山の中腹に辿りついたときにはすでに結構な時間がたっていた。

都会よりも激しい雨が降る山中は、美しくも、恐ろしくもあった。茂《しげ》る木の葉が弾く水滴で視界はぼんやりとしており、まるで映画か絵画みたいな幻想的な眺めを見せてくれる。同時に、足を踏み入れんとするものの行く先を塞ぎ、介入を拒むかのような厳しさを現してもいた。

自然の持つ力をまざまざと見せつけられているようだ。

ただでさえ足場が危なっかしいのにこの雨だ。山へ来てみたはいいものの、どうやって志乃川渓流まで行けばいいのだろう。運転席から降りつつ悩んでいると、助手席のドアを閉めた志乃が不意に右手の指を鳴らした。

途端に、自分たちのまわりだけ雨から解放されたものだから、びっくりした。川の神様の力で見えないシールドみたいなものでも張られているのか、半球状の空間を守るように強い雨が弾き返されている。

「水を操ることはできる。しかしこの姿では限度もある」

きょろきょろしている智基にそれだけを言って、志乃はここでも先に立ち山道を歩き出した。神様が急くだけ事態は深刻だということだろうから、詳しい説明を求めるのはやめて早足で彼についていく。

志乃の力のおかげで雨に打たれることはなかったが、濡れた山道を進むのは想像していた以上に大変だった。時々足を滑らせそうになっては志乃に助けられつつ、なんとか目的地へ向かう。

そうしてようやく辿りついた志乃川渓流は、晴天時の穏やかな姿とはまったく異なる、荒れた様相を呈していた。志乃が口にした通り、まさに川が暴れているといったありようだ。

川辺までのみ込む勢いで目の前を駆け抜ける水は、過去に見たより嵩が増している。ごうごうととどろきながら山を下っていく川の流れに、本能的な恐怖を感じた。

自然の脅威にさらされれば人間は無力だと、改めて思い知らされる。こんなときにひとにできることなんてない。運を天に任せてただ逃げ惑うのみだ。

「私は本来の姿に戻り、川を上る。その間、智基は川が静まるよう祈ってくれ。そして心を込めて、歌ってくれ」

濁流を目にし怖じ気づいていたら、志乃からそう声をかけられた。荒れ狂う川を前に自分になにができるのかという不安を抱きながらも、なんとか頷いて返す。

そんな智基に志乃もまたひとつ頷いてみせ、すぐに背を向けて川へと歩を進めた。

その姿がふっと掻き消え、つい目を瞬かせた次の瞬間には、濁流に半身を沈めた逞しい龍が立ちあらわれていた。きらめく鱗に角と爪、鋭い牙と緑色の瞳。一か月ほど前にもここで見た志乃川の神様だ。

降りしきる雨の中、龍は先日よりさらに美しく、堂々としているように見えた。そのたたずまいはまさにこの川を統べる神様のものだと、いまさらながらに強い畏怖の念を抱く。

そして、彼ならばなんとかしてくれる、という確信めいた思いも湧いた。

龍は少しのあいだ智基を見つめたのちに、水しぶきを上げ川上へと向かっていった。襲いくるような川の流れの中にいて、微塵《みじん》も不安を感じさせない姿だ。

自然を司る神様は、激しい雨が叩きつける山深くで、むしろ輝きを放っているかのように感じられた。

龍の姿が見えなくなってから、彼が残していった雨のない空間の中で膝をついた。濡れた草で服が湿気るのも構わず、目を閉じて両手を組みあわせる。

祈ってくれ、そして歌ってくれ。志乃の指示を頭の中でくり返した。どうやって祈ればいいのか、作法なんて知らない。だからただ強く、ひたむきに念じた。

荒ぶる川よ。どうか落ち着きを取り戻してください。ひとを助けたいと言ってくれた志乃の思いを、受け入れてください。

そうしながら、父親から贈られた曲を歌おうと唇を開いた。いまの志乃川に必要なのは、きっと、優しく穏やかなこの旋律だろう。

しかし、歌おうという意思に反して、声が出ない。

父親にはじめて教わったときからもう十数年はたつが、歌が音にならないなんて事態に陥ったことはなかったものだから、そんな自分に驚いた。そして同時に、強い焦りに襲われた。

なぜ声が出ない？　どうしていまなんだ？　自然の脅威を見せつけられて怖いのか、のしかかる責任が重すぎるのか。

伏せていた瞼をおそるおそる上げると、しぶきを散らして駆け抜けていく川の流れが視界に飛び込んできた。ついいましがた川原に膝をつき目を瞑ったときよりも、さらに速くなっているように思われる。

恐ろしい。ただただ単純に、ゆえに強烈にそう感じた。人間に牙をむいているときの自然は、平常時のおおらかさが嘘であるかのように、厳しくて絶対的な拒絶を突きつけてくる。

祈るだけでは駄目だ、歌だ。自分を信じあとを任せてくれた志乃のためにも歌わなければならない。怯むおのれを叱責《しっせき》しよろよろと立ちあがって、なんとか足を踏み出した。

もっと近く、より深くまで声が届く距離で川に音楽を捧げよう。喉が潰れたっていいから、歌え。

いつかの夜道と同じように小石につまずいたのは、足もとが不安定になるほど緊張していたからだろう。川に入るつもりなどはなかったのに、よろめいた足が水面に触れ、次の瞬間には身体を引きずり込まれていた。

上下、左右の感覚を失うまでには数秒もかからなかった。まさか川にのまれるなんて予期していなかったため、ろくにもがくこともできぬまま、激しい水の流れに全身を揉まれる。たとえ身構えていたとしてもこの濁流では無駄だったろうが、いきなりの出来事にまさに手も足も出なかった。

この感覚を知っている。なすすべもなく水を飲みながら、十数年前に川で溺れ死の影に触れた、あのときの恐怖と絶望を鮮明に思い出した。結局自分はひとりではなにもできないのか、子どものころと変わらないか、ぼやけはじめる意識でそんなことを考える。

　そのとき不意に、視界の端に当時見たものと同じきらめきがよぎった。あれは鱗だ。それから、二股の角。

　これも過去の記憶か？　それとも現実？　覚えた混乱は、薄れていた意識とともに、糸を断つようにぷつりと途切れた。

　そして、次にはっと目を開けたときには、あのとき同様川原に横たわっていた。不思議なことに服はさほど濡れていない。

　慌てて身を起こし咳き込みつつも川に目をやると、ごうごうと流れる水の中で、緑色の瞳の龍が頭をもたげていた。志乃だ。智基が川に落ちたことを察して戻ってきた彼が、あのとき同様助けてくれたらしい。ついでに、水を操る力を使って服も乾かしてくれたのか。

『智基。私を、それから、おのれを信じろ』

　智基が謝罪や礼を口にする前に、龍はそれだけを告げ、再度川上の方向へ姿を消した。信じろ。川の神様が残したそのひと言が、彼が見えなくなってもなお頭の中にこだまする。

　そうだ。志乃を、それからおのれを信じろ。強く自分にそう言い聞かせ、再び川原にひざまずいた。先ほどと同じく胸の前で両手を組み、大きく息を吸う。

　父親から贈られた旋律は、今度はするりと唇から出て、音になった。志乃から授けられた言葉が力になり、怖じ気と緊張を押し流してくれたのかもしれない。

自分は歌えるのだ。そう思ったら希望が湧いた。

一度は乾いたとはいえ、川原に膝をついているので服はじわじわと湿ってくる。そのせいで身体は冷えていたが、そんなことに構ってはいられなかった。荒ぶる川よ、落ち着いてくれ。志乃の思いを、受け入れてくれ。先に念じたのと同様の祈りを胸に、懸命に音を紡ぐ。

この歌声には自然が自ずと持つ尖った面を宥める力がある、長じて再訪した川辺で志乃がそう言っていたことを改めて思い出した。またいつだったか、心が込められていないと歌声は本来の力を発揮できないし自然も応えない、とも教えられた。

ならばいまこそ自分を信じて、心を込めて歌い、この声を役立てるべきだ。

くり返し、くり返し、瞼を伏せてなにより大切な曲を歌声にした。レッスン室でもステージでも、こんなに真剣に歌ったことはないと思う。

激しく流れる水の音が弱まっていたことに気づかなかったのは、それだけ必死になっていたからか。さすがにじわじわと忍び寄ってくる疲れからふっと集中が途切れ、ようやく意識が外に向いたのは、同じ曲をもう何度歌ったのかもわからなくなるころだった。

伏せていた瞼をそっと上げると、いつのまにかあたりはうっすらと暗くなりはじめていた。そして、あれだけ暴れていた川の様子は、ずいぶんと穏やかなものに変わっていた。

水嵩はあまり減ってはいないものの、先ほどまでの荒々しい流れではない。雨脚もまだ強いままだったが、志乃川はそれを受け止めるように悠々と、粛々と水をたたえている。

次に、背後に知っている気配を感じてはっと振り返ったら、ひとの格好ですぐ後ろに立っている志乃が目に入った。龍の姿でなすべきことを終え、戻ってきていたらしい。

「……志乃さん」

小さく声をかけると、志乃は川から智基に目を移し、淡く笑って言った。

「もう大丈夫だ。ありがとう、智基」

めったに見ない微笑と礼のひと言に、心の中が一気に熱情で充たされるのを感じた。自分はひとの、そして人間を救いたいと願った志乃の力になれたのだ。たとえ少しなのだとしても、役に立てた。

荒れ狂う川を前にして、本能的な恐怖を感じた。それでも祈り、歌った。父親が作り自分が心を込めて紡いだ旋律は、無駄ではなかった。

ずっと同じ姿勢でいたせいか膝に僅かな痛みを覚えたが、構わずに立ちあがった。真後ろにいた志乃に抱きついたのは、ほとんど無意識での行動だった。

この男とともに力を尽くした。彼の思いに応えられた。その事実がどうしようもなく嬉しい。

「私と智基が力を合わせれば、人間のために、荒ぶる自然を宥められる」

長いあいだ川原にひざまずいていたので、服は水気を含んでいた。密着すれば相手も濡れる。しかし志乃は気にもしない様子で智基を抱き返し、静かな口調で言った。

「私たちは、自然と人間がともにあるための架け橋となれるだろう。それを知ることができたのは、よろこばしい」

「……おれの歌、力になれましたか」

志乃にしがみついたまま、高ぶりで微かに震える声で訊ねた。彼は穏やかな声で「もちろんだ」と答え、智基の背を優しく撫でて続けた。

「智基の歌がなければ、志乃川は納得してくれなかったに違いない。自然は、心の込められた智基の声に耳を傾ける。ほかの誰も持ちえぬ智基だけの力だ」

志乃の返答に、かつて知らない興奮が湧きあがるのを感じた。自分の歌声には力がある。それをはっきりと自覚した。

自分の歌を信じていいのだ。自信を、持っていいのだ。

濡れた服に包まれ冷えていた身体が、志乃の体温を分け与えられて次第にあたたかさを取り戻していく。心に充ちる熱に浮かされてもいるのかもしれない。

志乃の背に回した腕を解けぬまま、大きく深呼吸をした。川や木々、風から感じるのに似た彼の快い香りを胸いっぱいに吸い込み、この男が愛おしい、と改めて強く思った。

志乃はいつでも自分を真っ直ぐに見てくれる。認めるべきところは肯定し迷えば道を示そうとする。危機に陥ったときには颯爽《さっそう》と助けにきたし、歌声の価値も教えてくれた。それから、自分と一緒にすごすうちに人間を愛してくれるようにもなった。

こんなに心美しい神様がいるだろうか。強く、頼もしく、清らかだ。

不意に、いままでよりもはるかに色鮮やかな恋情が湧きあがってきて、つい腕の力を強めた。すぐに別れが訪れるのなら告げずにいようと考えていたはずなのに、その思いは、うまくのみ込み切れないくらいに鮮烈だった。

志乃は智基と同様に抱擁を強めた。その意図はわからなかったものの、彼が応えてくれた嬉しさに、は、と小さな吐息が洩れた。

好きだ。志乃が好きだ。過去にないほどの熱情に襲われて、目がくらむようだった。

ふたりで山道を歩き車に戻ったところで、志乃が再度服を乾かしてくれた。濡れたまま運転席に座るのはためらわれたのでありがたい。

徐々に夜の闇が迫る中、言葉少なにマンションまで車を走らせた。その間も、胸に湧いた熱に気を取られないようにと自分を落ち着かせるのに苦労した。暗く滑りやすい雨の道で注意を怠れば事故を起こしかねない。

往路よりさらに慎重にハンドルを握り、ようやく自宅へ帰りついたころには、すっかり夜も更けていた。ドアを開けて先に志乃を通し、自分も部屋に入ったところで緊張が解ける。

途端に、帰路ではなんとか抑え込んでいた強い恋情が込みあげてきて、心に火がついた。

今夜ばかりはどうしても自分を制御することができず、外の様子を見るように窓際に立った志乃へ手を伸ばした。熱い思いに突き動かされるまま、彼を振り向かせてキスをする。

思い起こせば、人間の姿を維持するためという理由で志乃から唇を寄せられることは何度もあったのに、自分から彼にくちづけをするのははじめてだった。この行為にはいつものような機械的な目的がない。あるのは胸に灯る情熱だけだ。

「智基？」

一度離した唇の隙間に疑問を挟まれたが、答えずに、というより答えられずにキスで封じた。自分がずいぶんと大胆な行動に出ていることは自覚できても、止められない。

数日後に志乃は宮神山へ帰ってしまう。この一か月一緒にいたように、そばにいることはできなくなる。だとしても、いま、どうしてもこの男に愛を伝えたかった。

自分の意思で唇を合わせたい。志乃に、この持てあますほどの恋情を知らしめたい。

いきなり唇を奪われても、志乃は智基を引きはがしはしなかった。一瞬の戸惑いはあったのだろうが、特に抗《あらが》いもせず、智基が差し出した舌を吸い、絡めあわせてくれる。

「熱い」

長いくちづけを解いたあと、志乃は真っ直ぐに智基を見つめて言った。

「なぜだろう。智基と唇を重ね、胸の内側も、身体も熱くなっている。いつか覚えたものと同じようでいて異なる、はるかに強い熱に、急《せ》き立てられている」

「おれも、です」

「私はなにかを欲しているようだ。過去には経験したことのない衝動がある。智基にもっと触れていたい、手に入れたいと感じる。私はまたおかしくなっているのか。智基、この現象はなんだ？」

　連ねられる言葉と確かな欲情を示す瞳に、これまでとは違う高揚が湧きあがった。山深くでひとり暮らしていた川の神様は、恋情も性愛も、なにも知らないのだ。そして、それらをいまはじめて味わい困惑しているのだろう。

　だからこそおのが身に起こっている変化を赤裸々に口にし、その正体を訊ねる。彼にとっては、あの建物はなんだこの料理はどうやって作るのだと問うのと同じなのかもしれない。

　では、なんと告げればこの男に理解してもらえる？　少し考えてから、なるべく単純な表現で答えた。

「それ、恋っていうんですよ。おかしいものじゃありません。おれもあなたに、恋をしてるから、よくわかります」

「恋？」

「誰かを愛おしむ気持ちの、一種です。熱くて切なくて、狂おしい感情です。相手を欲しいとか手に入れたいとか思うのも、身体が熱くなるのも、恋をしているからです」

　智基の返答を聞き、志乃はいったん黙った。自身の胸に宿る情や身体が示す欲望につけられた名を、頭で整理しようとしているのだと思う。

そののち彼は僅かに目を細め、熱をはらむ声で再度問うた。

「ならば私も、智基に恋をしている。熱く、切ない。智基が欲しい。この感情はどうすれば充たされる？　正解を教えてくれ。このままでは私は智基になにかをしてしまう。頭から食らえば手に入るのなら、食ってしまう」

食ってしまう、というひと言に知らぬ興奮を覚えた。それほどまでにこの男は自分が欲しいのだ、そう把握した途端に、とうに細くなっていた理性の糸みたいなものが切れた。

とはいえ、性的な知識も経験もない男を相手にいきなり襲いかかるわけにもいかない。もはやかけらしかない冷静さを掻き集め、行動ではなく声にした。

「……セックスしましょうか。志乃さん」

口にしてから、まずは、おのれの発言の直球さに自分で驚いた。過去の恋人にですら、ここまであからさまに要求したことはない。

しかし、恋情と劣情を互いに抱えたふたりが向かいあっているいま、ここでほかにすることなどないだろう。相手がなにも知らないのだから自分から切り出すしかない。

当然ながら単語の意味がわからないようで、幾度か瞬きをした志乃に、次になんとか説明を試みた。

「身体をつなげて、ひとつになるんです。そうすればひとときでも、おれはあなたのものに、あなたはおれのものになりますよ。恋をしているもの同士なら多分、現時点での正解、に近い方法だと思います」

「ひとつに」

「ここ、熱くて、疼《うず》きません？」

さすがに若干ためらいはしたものの、いまさら引けずに手を志乃の股間に伸ばした。触れた身体が確かに熱を帯びているのをてのひらで知り、肌が粟立つようなよろこびに襲われる。

志乃が興奮している。自分と同じように欲情している。その認識がもたらす嬉しさは先日の比にならない。

「熱い。智基は？　ああ、同じように熱くなっている」

「うわっ、待って」

服の上から緩く握られて、今度はひどく狼狽した。思わず一歩後ずさって手から逃れると、志乃が不思議そうに首を傾げる。智基の真似をしただけなのになぜ避けられたのかわからない、といった表情だ。

確かに、自分から手を伸ばしておいて同様に触れられたら怯むなんておかしかろう。散らばった平常心のかけらを再度掻き集めて、前言を撤回した。

「……いえ。待たなくていいです。ひとつになって、ここの熱いのを一緒に解放して、そうすれば充たされます。してみますか？」

志乃は特に考え込むでもなく頷いた。セックスのなんたるかを知らないからこその素直な反応だと思う。

無垢《むく》な男に身体の関係を求めることにちりっとした罪悪感は湧くものの、行為の意味なんてものは自分だって完全には理解していないのだから、これ以上の説明もできない。ここはもう説くより実際に経験してもらったほうがいいのだと、強引におのれを納得させる。

ごくりと喉を鳴らしてから、指示を待っているらしき志乃に、服を脱いでベッドへ乗るよう促した。自分も同じようにボタンを弾きつつ、棚を探ってジェルのチューブを掴み出し枕元に置く。もうしばらく使うこともないと考えていたが、捨てなくて、というより捨て忘れていてよかった。

言われるままにベッドに乗った志乃と、向かいあって座った。互いに全裸だ。一か月ほど前の川辺で志乃の肌を目にしたことはあるものの、いまは状況も意味合いも違う。

そして、自分が彼に素肌をさらすのは、はじめてだ。そう思うと心臓が壊れそうなくらいに強く鳴った。

「……触らせてください。でも、いやだったらちゃんと言ってくださいね。すぐやめますから」

ぐちゃぐちゃになりはじめる思考を無理やり収め、そろそろと両手を伸ばした。性行為がどのようなものであるかは実体験として知ってはいても、他人に一から教えた経験などないから、どうすればうまく誘導できるかなんて思いつかない。ここは単純に、したいこととしてほしいことを行動なり言葉なりで示すしかないだろう。

「智基の手はあたたかい。それから、少々くすぐったい」

首から胸、腹へとてのひらを滑らせると、志乃は毛並みを整えられている猫のように目を細めて言った。不快ではないらしいし、くすぐったいのは快感の芽みたいなものなので、いまのところプロセスは合っている。

　時間をかけて丁寧に肌を撫で、志乃が小さく、ふ、と息を洩らすのを聞いてから、最後に指先で軽く乳首をくすぐって手を離した。そののちに、真っ直ぐに視線を向けてくる彼と目を合わせて乞う。

「同じように、おれにも触ってくれますか」

　志乃は「わかった」と応じ、ためらいなく両のてのひらで智基に触れた。慎重ではあるものの、やや強い力加減で肌を擦られて、ぞくぞくと身体が快楽を拾いはじめる。

　智基がそうしたのとほぼ同じ順序で、彼は手を動かした。自分だったらこうされるのが嬉しいと、さほど多くもない経験から導き出した手順で触れたのだから、それをそのまま返されれば当然気持ちがいい。

　吐息が乱れはじめるころに、先刻自分がしたのと同様に乳首を指先で撫でられて、びくっと身体が揺れた。

「あっ。は……、あ」

「どうした？　痛いのか？」

　抑え切れず声を洩らしたら、他意もないだろう口調でそんなふうに問いかけられた。これは意図的にあおられるより余程小っ恥ずかしいなと思いつつ、正直に答える。

「い、たくないですよ。気持ち、いいから、声、出ちゃった」

「気持ちがいいのか。智基が快いのは嬉しい。これからなにをすれば？」

「は……っ。そのまま、指で、つまんだりつねったり、してくださ、い」

言わなければ志乃も困るかと、彼にわかるように要求しながらも、頬が熱くなるのを自覚した。こんなふうに望みを口に出すのは恥ずかしい、先ほどよりも強くそう感じて余計に肌が敏感になる。もっと強くしてほしいとか引っ掻いてみてほしいとか、喘ぐ合間に乞うた。焦らすでもなく願い通りに動いてくれる志乃の指先に、ますます息が上がる。

素肌に触れられて生まれた快感が、じわじわと身体の中に溜まりはじめた。しばらくのあいだ乳首への愛撫に酔ってから、うわずる声で「もういいです」と告げ手を離させる。

このまま自分ばかりが気持ちよくなっているわけにもいかない。志乃にも、身体で覚える快楽というものを知ってもらいたい。

弄《いじ》られていなくてもじんじんと疼く身体を持てあましながらも、少し考えた。それから、シーツに膝をついて身を乗り出し、唇をついばみつつ片手を志乃の性器に伸ばした。

「智基」

「大丈夫ですよ。ここ、こうされると、きっとあなたも気持ちよくなれるから、緊張しないでくださいね」

くちづけの合間に名を呼ばれたので宥めるように告げて、可能な限り優しく性器を握った。いきなり強い刺激を与えたら、志乃はびっくりしてしまうだろう。ゆっくり、じっくり、セックスを味わってほしい。

触れるだけのキスをくり返しながら、芯を持ちはじめている性器を緩く扱《しご》いた。自分の手に応えて徐々に硬さを増していく志乃に、乳首に触れられていたとき以上の高ぶりを感じた。

身体の反応なんてごまかせない、これは志乃が自分の手を受け入れ嘘のない快感を覚えてくれている証拠だ。それがたまらなく嬉しくて、また、興奮もする。

「腹の中が熱くなっていく。全身に巡る血までもが熱を持ち、じっとしていられなくなるような知らない衝動が湧く。この感覚が、気持ちがいいというものか？」

一度キスを解いたら、僅かに眉を寄せた志乃からそんなふうに訊ねられたので、ぞわりと高ぶりが強まった。悩ましげな表情も口に出した言葉も、彼が感じている快楽を示すものにほかならない。

「そうです。あなたはいま気持ちいいんですよ。もっと気持ちよくなって」

指先で先端を撫でて答え、手の力を少しだけ強めたら、志乃はまた短くも色めいた吐息を零した。それにじわりと満足感を覚えていると、不意に髪を摑まれ引き寄せられて、いままでとは違う嚙みつくようなくちづけをされたものだから驚いた。

「ん……っ。んぅ、は」

舌が入り込んでくるのと同時に、すでに勃《た》ちあがっていた性器に触れられ、意図せぬ声が洩れた。触ってくれと頼んだわけではないが、志乃は律儀にも自分と同じ行為を返そうとしているのだろう。彼曰く知らない衝動がそうさせているのかもしれない。

志乃からのキスは濃く、深いものだった。恋をしている男に、性器を擦られながら口の中を舐め回されれば、どうしたって身体はさらに高揚していく。

舌を噛みあい唾液を啜りあうようなくちづけがようやく解かれるころには、互いのものは完全に勃起していた。自分のみならず志乃の息も少し乱れており、思考にまで快感が侵入してくる。

なんて愛おしい。この男は自分を前にして、知らない感覚を素直に受け入れ、正直に興奮を示してくれるのだ。

「智基。ひとつになるとは？　次はどうすればいい」

どこか急いたような口調で問われたので、さすがに少しためらってから、それを無理やり追い払って志乃の手を取った。自分の尻に導いて、指先でその場所を触らせる。

「ここに、志乃さんの、硬くなってるそれを入れます。あなたもおれもきっと、もっと気持ちよくなれますよ」

志乃は智基の返答を聞き、何度か目を瞬かせた。驚いたらしい。

「本当に？　智基が痛いのではないか？」

信じがたい、といった口調で訊ねられたため、彼を安心させるべく笑みを浮かべてみせた。焦れったさが交じってしまったかもしれないが、こればかりはしかたがないと思う。

「痛くならないように準備するので、志乃さんにも手伝ってほしいです」

口にしたお願いに志乃が頷くのを待ってから、膝をつき前のめりになっていた体勢を崩した。枕元に放ってあったジェルのキャップを開けてたっぷり右手の指に取り、左肘をシーツについて少し上体を倒す。

羞恥を感じなかったわけではない。相手に促されるのではなく、惚れた男の前で自ら脚を開くのはなかなか根性がいる。しかし、なにも知らない志乃に任せていたってはじまらないのだからと、ここでもなんとか躊躇を振り払った。

膝を曲げた脚を左右に大きく開いた姿勢で、右手をその場所へ伸ばす。ジェルを塗りつけながらも、志乃の視線が真っ直ぐそこへ向いているのを認めて、緊張と恥ずかしさに小さく身体が震えた。

「……ほら。見て、ください。入るでしょ」

ジェルのぬめりを借りてゆっくり指を一本入れてみせ、志乃に声をかけた。彼に見られているせいか、自分の指であるのに小さな快感を拾ってしまい、語尾もまた僅かに震える。

「そのようだ。しかし私のものは入らないのではないか？」

「あなたのが入るくらい、広げるんです。おれの真似して、指、入れてみてください」

難しい表情でまじまじとその場所を見つめていた志乃は、智基の指示を聞き一度顔を上げた。困る、戸惑うというのではなく、いいのか、と問うような眼差しを向けられたので、ひとつ頷いて返す。

志乃はすぐに目を戻し、今度はためらいなく右手を伸ばしてきた。ぬるぬると試すように触れてから、ゆっくりと長い指を挿《さ》し入れてくる。

「あ……っ、そ、うです。上手」

中にある指は手慣れた愛撫を施してくれるわけではなかった。それでも、自分の肉体に志乃の一部が入っていると思うだけで、全身に鳥肌が立つくらいのよろこびを覚えた。

清廉な神様を性交なんて欲深き行為に誘っていいのか。心のどこかに引っかかっていたそんな思いも、彼の指をのみ込む嬉しさの前にあっさりと消えていく。

「智基。痛くないか？　これからどうすればいい？」

いつでも真摯な男ではあるが、常以上に真剣な声でそう訊ねられて、胸が熱くなった。ここまで教えたら、あとは相手の苦痛など気にせず強引に突き立てることだってできるはずなのに、彼は自分をできるだけ丁寧に扱いたいのだろう。それだけ大事に思ってくれているからだ。

「痛く、ないです。気持ちいい。じゃあ次は、指、出したり入れたり、してくれますか。開いてきたら、二本に、増やして」

声がうわずりそうになるのをなんとか抑えて頼むと、志乃はちらとだけ智基の顔に目を向けてから、その場所をじっと見つめ言われるままに手を使った。本当に受け入れられるだけの柔軟性があるのかを測っているらしく、物足りないくらいに優しい動きだ。それでも、じわじわと確実に快感が腰のあたりに溜まっていく。

「は、あ……っ。気持ち、いい、です……っ。志乃さんの、指、すごく、好き」

跳ねる呼吸の合間に嘘もなく告げたら、志乃が顔を上げてこう訊ねてきた。

「私が入るには少し狭いように感じる。ここでつながれるというのならそうしたいが、智基に負担を強いることにならないか？」

「も……、大丈夫、だから。おれ、を、好きなら、して、ください……っ。ひらい、て、入れて」

逸《はや》りのような焦れのようなもので幾ばくか余裕を失いながらも、可能な限りわかりやすく、かつ気持ちが伝わるだろう言葉を選び答えた。

「そこ、で、あなたを、のみ込んで、ひとつに、なりたい。おれだって、あなたが欲しくて、欲しくて、たまらないんで、すよ……っ」

真っ直ぐに志乃の目を見つめて言いつのると、その瞳の色合いがさっと変化するのがわかった。これまでちらつきはしたものの色を変えるほどではなかった欲情が、鮮やかに映し出される。

それは息をのむほどに美しく、また扇情的な眼差しだった。この男も自分を欲しているのだと改めて思い知らされ、唇から勝手に熱い吐息が零れる。

つい見蕩れていたら、優しくはあるものの抗えない手つきで肩を掴まれ、中途半端に上げていた上体をシーツに押し倒された。それからすぐに、いままでとは異なる動きで中をまさぐられる。

「あ……！　はぁっ、志乃さん……っ、それ、気持ち、いい」

大きく抜き差しされ、時々内側を指先で擦られて、自分で聞いても淫《みだ》らだと感じる喘ぎが洩れた。

ここを広げて中に入れたいという欲望が、志乃の指からあからさまに伝わってくる。自身と同じく相手も欲しているのだと認め、彼は引き返すという選択肢を捨てたらしい。

なにも知らなかった男が男とつながるために、相手の身体を開こうとしている。その事実に、互いに強く求めているのだと再度教えられ、安堵と興奮を覚えた。

　神様だとか人間だとか住む世界が違うとか、そんなことはどうでもいい。いま、この狭いベッドで素肌をさらし欲しい欲しいと急いているのは、ただ単純で純粋な恋に溺れるふたりだ。

「智基の肌が綺麗な色に染まっている。春に眺める桜の花に似ている。智基はこうした色合いにもなるのか」

　ひさしぶりに味わう、他人の指で中を刺激される快感に息を乱していると、そんなふうに声をかけられた。いつのまにか閉じていた瞼を上げたら、先刻より欲もあらわな視線に射貫かれて、ぞくりと震えが走る。

「ああ。目も潤んでいる。智基、気持ちがいいのか？　この場所が開いてきた」

「は、あっ。きも、ち、いい……っ。も、指、増やして、大丈夫、です。もっと、広げて」

　喘ぎ交じりになんとか訴えると、すぐに二本の指が入ってきて、びくっと身体が揺れた。急に増えた異物感に覚えた一瞬の怯みは、しかし、じわりと指を出し入れされあっというまに快楽に置換される。

　性行為を知らないわけではないのに、それは経験にないほどの強いよろこびだった。誰かに欲され身体を開かれるのは、こんなに気持ちのよいものだったろうか。

「智基。痛くないか」

　指を使いながら志乃がそう問うてきたので、小さく首を横に振って返した。

「いた、く、ない……っ。きもち、い。ジェル、もっとたくさん……、中も、濡らして、ください」

「わかった」

いったん抜けた指が、要求通りジェルをたっぷりまとい再度入ってきて、それまでとはまた違う快感を覚え思わずぎゅっと目を瞑る。内側に塗り込むような指の動きと、ジェルがぐちゅぐちゅと鳴る音に、どうしようもなく興奮した。

身体の奥が疼きはじめて、喘ぐ声も切れ切れになる。もっと深くまで欲しい、太いもので貫かれたい、そんなみだりがましい欲望が一気に膨れあがった。

「あ、あ……っ、はぁっ、だめ……。もう、入り、ます、から、入れて……っ」

いくらか耐えはしたがそう長くは我慢できず、震える唇で告げた。志乃がゆっくり指を抜いてからなんとか目を開き、真っ直ぐに彼を見つめてさらに乞う。

「志乃さ、ん……っ。指じゃ、届かない、ところ、まで……っ、あなた、のを、入れてほし、い、です……っ。はやく」

志乃はひどくなまめいた、それは素晴らしい表情を浮かべて、ちらと唇を舐めた。この男はこんな顔もするのだとますますの高揚を覚えつつ、両脚を自分で抱えてもう一度口にする。

「はや、く、入れて、ください……っ。上手、じゃ、なくても、いいか、ら……。あなた、が、ほしい……っ」

「私も智基が欲しい。痛かったら言ってくれ」

左手をシーツにつき覆いかぶさってきた志乃に、ぬるぬると先端で探られ、期待で鼓動が速まった。てのひらで知った志乃の逞しいものをのみ込んだら、どんな感じがするのだろう。どれだけ気持ちがいいのだろう。

角度を合わせるべく智基が身じろぐ前に、志乃は要領を摑んだようだった。身構えるより早くぐっと先端を押し入れられて、意図せぬ高い声が散る。

「うあ、あ！　あ……ッ！」

想定していたよりはるかに強い衝撃に襲われ、すぐには言葉を紡げなかった。太い性器にこじ開けられる感覚が鮮烈すぎて、見開いた目を閉じることも身体の力を抜くこともできない。

「智基。もっと深く入れていいのか？」

動きを止めていた志乃にそう問われ、まともに喋れずただ頷いて返した。志乃は宥めるように智基の脚を撫でてから、じりじりと奥まで侵入してきた。

「は……ッ、あ、あ、志乃さ、ん……ッ」

志乃の形に広げられていく快感で、全身に汗が滲んだ。いま自分は彼と確かにつながっている、ひとつになっていると、頭ではなく身体で理解する。

深く性器を埋めたところで志乃はまた静止した。彼が相手の様子を見ているのか、指示を待っているのかはわからなかった。どちらでもあるのかもしれない。

は、は、と浅い呼吸をくり返しつつ意識的に志乃を見つめると、応えるような視線が返ってきた。

快楽と欲情に彩られた緑色の瞳は、うっとりするほど美しかった。

この男もいま自分に中に入って気持ちがいいのだ、そしてもっと欲しているのだとその眼差しに教えられ、息苦しくなるくらいの嬉しさが胸に充ちてくる。

「はぁ……っ。お、なじ。指と、同じ、ように、出したり、入れた、り、してくだ、さい……っ」

ようやく意味のある声を発しはしたものの、高ぶりのあまりひどく掠れたものになった。それでも志乃は聞き取ってくれたらしく、ゆっくりと腰を使いはじめた。

内側のやわらかな部分を硬い性器で擦りあげられ、色のついた吐息が洩れる。これまでのもどかしく焦れったいようなものとは異なる、圧倒的で鮮やかな快感に、なんとか引き止めていた冷静さが徐々に薄れていくのを自覚した。

「あぁ、は……っ、き、もち、いい。おれの中、志乃さんで、いっぱい、に、なってる」

緩く揺さぶられながらたどたどしく口にすると、志乃も熱を帯びた声音で言った。

「私も気持ちがいい。入れるたびに嬉しそうに締めつけられて、出ようとすると離すまいと吸いついてくる。このまま続けてもいいのか？」

「は、あっ、続け、て……っ。もっと、たくさん、擦って、くださ、い……っ」

「了解した」

志乃の動きは決して巧妙ではなかった。当然ながら慣れてもいない。しかし、正直な欲望と快感、それからいたわりの伝わってくる動きに、かえって身も心も熱くなった。

はじめて誰かと肌を重ね、彼はいま知らなかった恋とセックスを身に刻んでいる。その誰かが自分であることが、胸が痛くなるほど嬉しかった。

ひとりのひとを愛おしむ気持ちを、身体をつなげるよろこびをもっと志乃に教えてあげたい。

「はあっ、あ……っ。す、き。あぁ、好きです。志乃さん。おれ、あなた、が、好き……っ」

「私も智基が好きだ。この行為も、好きだ」

喘ぐ合間に恋情を声にするたびに、志乃は丁寧に返事をしてくれた。川辺ではじめて向かいあった龍は飄々としていて恐ろしい存在に見えたが、いまの彼は実に情が深いと思う。

「優しい歌声も、あたたかくときに強い精神も、私を受け入れてくれる身体も、すべてが好きだ」

「うれ、しい……っ。おれ、あなた、に、恋して、よかった」

「私もだ。はじめて知るこの感情の対象が智基であるのは、とても嬉しい」

時折甘ったるい言葉を交わしながら、時間をかけて抜き差しをくり返されているうちに、自らの脚を抱える手が滑るくらいに身体中汗だくになっていた。穏やかに突かれているだけでも、じわじわと限界が見えてくる。

とはいえ、ここでひとり極めたら志乃が困るだろうと、這い寄る予感をどうにか追い払った。彼にとっては最初の性行為だ。せっかくならともにあの愉悦に浸りたい。

「なにかが迫ってくる。知らないものが込みあげてくる、感じがする」

じっくりと中を味わっていた志乃はしばらくののち、急き立てられているような、それをどうしたらいいのかわからず困っているような表情をして言った。

「正体はよくわからないが、智基をもっと揺さぶりたいという衝動がある。私の肉体はもう少し強い刺激を欲しているのかもしれない」

「志乃さんが、したい、なら、強くして、いいです、よ……。おれ、も、ほしい」

この男はいきたいのだな、というのはわかったので、視線を絡ませて促した。志乃は途端に、いままで以上に瞳をきらめかせ、智基の両脚を強く押さえ込んだ。

見たことのない野生じみた眼差しに、つい見蕩れてしまう。しかし次の瞬間に、腰を叩きつけるように強く貫かれたものだから、思わず目を瞑ってしまった。

「うあ……！　あッ、あ！」

「ああ、気持ちがいい」

もう少し、ではない激しさで智基を突きあげながら、志乃がそう零した。感じ入っているような、快楽に濡れた声だ。いま彼がどんな顔をしているのか見てみたいとは思うものの、とてもではないが瞼を上げる余裕はなかった。

志乃が腰を使うたびに事前に塗り込んでいたジェルが、ぐちゅ、ずちゅ、といやらしい音を鳴らす。それまでが優しい動きだっただけに、太い性器で容赦なく内側を掻き回される快楽は、耳に届く音にもあおられひどく鋭いものに感じられた。

「は……ッ、あ！　だめ……ッ」

絶頂が近いときに襲われる、思考が浮き立つような感覚に、思わず大きく喘いだ。呼吸さえもままならなくなり、よろこびに溺れてしまいそうだった。

「志乃、さ、ん……っ、はぁっ、そんな、に、は」

「すまない。うまく自分を制御できない。もう少しだけ」

「ん、う……。あぁ、おれ、の、ほう、が、できない、からっ」

自分の脚を押さえていた手を離し、枕やシーツをわしづかみにしてなんとか堪《こら》えようとはしたが、そう長い時間は耐えていられなかった。腹の中でぐつぐつと沸き立つ熱が、いまにも弾けてしまいそうだ。

「もう……。も、むり……っ。いきそ、う……っ」

引きつるような呼吸の合間に掠れる声で訴えると、志乃にこう問われた。

「いきそう？」

「出そ、う……っ。あなた、は、そういう、感覚、ない、で、すか」

「いきそうというのはよくわからない。ただ、熱いものが込みあげてきて、いますぐ放ってしまいたい欲に襲われている」

つまりは彼もいきそうなのだな、というのもまたわかった。無理やり目を開けて涙に滲む視界の中で彼を見つめ、教えるというよりただ乞うた。

「じゃあ、放って……っ。おれ、の、中に、放って……！」

志乃は智基の眼差しと言葉を受け、ますます瞳を光らせた。両脚をいっそう強く押さえつけられ、さらに深くまで突き立てられて、その衝撃に結局はまたぎゅっと目を閉じてしまう。

「ひ、あ……ッ、はぁッ、あ！」

極めたのは多分、自分が先だったろう。ほとんど音になっていない声が散り、全身ががくがくと戦慄《わなな》く。

襲いくる愉悦に一瞬意識が薄まったせいで、すぐには思考を整えられなかった。それでも、小さく鋭い吐息が聞こえるのと同時に、奥まで挿入された志乃の性器が脈打ち、中で射精したのははっきりとわかった。

志乃が自分の身体で達している。

その認識は、肉体的快楽以上の恍惚《こうこつ》をもたらすものだった。どくどくと深くに注ぎ込まれて、熱すぎる湯に触れたときみたいな痺《しび》れが走り抜ける。

「智基の中が私に食いつき、震えている」

志乃は、欲を放ち切ったあともしばらく腰を押しつけたまま、内側の痙攣《けいれん》を味わっていた。それから、名残惜しいといわんばかりにゆっくりと、まだ硬い性器を抜いた。きっと、ずっとそうして締めつけられていたかったのだろうが、息も絶え絶えになっている相手の様子を見て取り配慮したのだと思う。

食い込んでいた太い異物感が去り、ようやく身体から力が抜けた。全身を弛緩させたままはあはあ息を乱していたら、不意に精液で濡れた腹に触れられたので、重い瞼を上げた。

「智基。これはなんだ？」

志乃は、智基が放った精液を指で掬いながらそう問うた。なるほど、この男にとっては知らないものなのかと、事後の掠れた声で答える。

「……気持ちが、いいと、出るんですよ。あなたも、出たでしょう？」

「そうなのか？」

志乃は智基の返事に少し驚いたような顔をした。それがなんだか可愛らしくて、いったんは閉じた脚を左右に開き、彼の精液があふれる場所をさらす。こうなるともはや羞恥も湧きやしない。

「……ほら。おれの中、あなたが出したので、濡れてます。見えますか？」

促すように告げると、志乃は興味深そうにその場所を覗き込み、さらにはようやく緩んだ中に指を挿し入れてきた。自身が放った精液を掻き回している彼の指にまだ残る欲を刺激され、は、と密かな吐息を洩らす。

「智基。これは私が出したものなのか？」

「そうです、よ。あなたも、おれと同じで、気持ちがいいから、出たんですよ」

指を抜いて訊ねてきた志乃に、ほかに言いようもないかと単純に説明した。それから、乱れていた呼吸がいくらかは収まるのを待ち、今度は彼に問いかける。

「志乃さん。ひとつになれた感じ、しますか？　おれを手に入れた気持ちに、なれました？」

志乃は智基からの質問に、まずはひとつ頷いた。そののち、聞いているほうが照れくさくなるような表現でよろこびを口にした。

「智基とつながれて嬉しい。ふたりでひとつになれた。いま智基は私のもので、私は智基のものだ。互いに愛おしい相手を手に入れている。智基とこうした行為を交わせたことが、嬉しい」

「……おれも、嬉しいです」

もっと洒落たことを言ってみたかったがまったく思いつかず、短く返した。この男はいつでもストレートに思考や感情を声にするものだから、嬉しくて、同時に少々照れくさい。

一度は冷めた頬にまた熱が上り、落ち着いたはずの身体がそわそわしはじめた。まるでそれに共鳴したかのように再度そっと覆いかぶさってきた志乃に、僅かばかり切なげな声音で、こんなふうに問われる。

「智基。一回しか出せないものなのか？」

やっぱりなんとも可愛らしいなと思い、つい小さく笑ってしまった。怠《だる》い手を上げて彼の黒髪を軽く引っぱり、可能な限り優しく誘いかける。

「いいえ。二回でも三回でも、一緒に出しましょ。志乃さん」

志乃ははじめて知るセックスをひどく気に入ったようで、なかなか智基を離そうとしなかった。神様の体力をなめていた。

正直身体はくたくただったものの、もっと情を交わしていたいという願いは同じだったため、可能な限り彼の求めに応じた。それでもさすがに限界は訪れ、もう無理だと訴えたころには明け方になっていた。

事後にシャワーを浴びて潜り込んだベッドは、ふたり分の汗を吸って少し湿っていた。普段であれば眉をひそめたかもしれないが、不快には感じなかった。行為にふけったあとだからか、むしろ快い充足感を覚える。

志乃は、ふたりで同じ布団に入ってから、智基が子守歌を口ずさむまでもなくすぐに眠りについた。疲れたというより、正体がわからなかった感情や衝動に名がつき、それを相手と共有して満足した、安心したといった様子だ。

聞こえてくる寝息に、安堵と愛おしさが湧いた。同時に、ぎゅっと胸が痛くなるような切なさを感じる。

この男が数日後には宮神山へ帰ってしまうなんて信じられない。信じたくない。これからもずっと一緒にいたい。

しかし、彼は志乃川の神様なのだ、そんなわがままは言えやしない。明かさずにいようと考えていた恋情を告げて彼も応えてくれたのだから、充分しあわせだろう。彼が何者であるかを知りながらこれ以上を求めるのは、ただの身勝手だと思う。

　それでも、込みあげてくる感情を消し去ることはできなかった。

　志乃を起こさないようにとそろそろ身を起こし、その寝顔を見つめた。静かな寝息に紛れるくらいの小さな声で、そっと囁く。

「あなたのそばにいたいです。離れたくない」

　実際に口にした途端に、余計に思いが強まった。そばにいたい、離れたくない、それが嘘のない自分の本心だ。

　はじめから、祭事のある日には川に戻ると決めて志乃は山を下りてきた。なのに帰らないでほしいと願うなんて、自分はずいぶんと欲深くなったものだ。

　まるで子どもみたいに聞き分けがない。神様を前にして図々しい。おのれでもそうわかってはいるものの、自ずと胸に広がる望みは意思で封じられるものではなかった。

　自分はこんなにも志乃に惚れている、夢中になっていると改めて自覚した。

　好きだからともにいたいと祈るのは当たり前のことではないか？　叶《かな》わないとしてもせめて、志乃が眠っているあいだに思いを囁くくらいは許されたい。

十一月の最終日。全国大会当日は晴天に恵まれた。辿りついた会場から眺めた海は陽の光できらきらと輝いており、その美しさに自然と気持ちが凪ぐ。

数日前の雨の宮神山で、穏やかさを取り戻した川を前にして摑んだ自信は、しっかりと心に刻まれていた。志乃に対して抱いている愛情もまたプラスに作用したのかもしれない。

いざステージに立ったときには、さすがに緊張した。しかしそれは前向きで心地よい高ぶりがもたらすものであり、みなに歌を聴いてもらえるというよろこびが伴っていた。

勝ちたいだとか成果をあげたいだとか、そうした野心は捨ててただ心を込めて歌った。審査員だけでなく、学生のコンクールのためにわざわざチケットを買ってくれた来客者も、自分の歌声に耳を傾けている。

彼らの胸に歌が届きますように、ともに楽しんでくれますように。願ったのはそれだけだ。

とはいえ、声楽部門の一位に名をあげられたときはもちろん、単純に嬉しかった。音を楽しめ、成果はあとからついてくる。いつか志乃が教えてくれた通りだと実感した。

「望月くん」

大会終了後、ホールから楽屋へ戻り荷物を手に廊下へ出たところで、背中から声をかけられた。振り返ると、十一月中旬の夜道で智基にナイフを向けた青年が立っていた。

彼は声楽部門で二位の成績をあげていた。トップでなかったことへの不満をぶつけたいのかと少々身構えるが、青年は智基に恨みごとを言うつもりはない様子だった。あの夜とは異なり表情はすっきりしている。

「先日は申し訳ないことをした」

青年はしっかりとした口調でそう告げて、頭を下げた。いきなり謝罪されたものだからびっくりしてすぐには声を返せずにいると、彼は少しののちに顔を上げて言葉を連ねた。

「歌に勝敗があるのか。あのとき君に言った通り、僕はその問いに対する答えをずっと考えていた。君が僕に明かしてくれた気持ちも理解すべく努めた」

青年が口にした問いとは、志乃が発したものだった。僅かな緊張を覚えつつ続きを待っていたら、彼はこれもはっきりと言った。

「今日、僕なりの結論が出たと思う。僕は君のおかげで目が覚めたんだろう。悪かった。それから、ありがとう」

苦悩を振り切った、というような青年の眼差しに、ほっと安堵の吐息が洩れた。彼は智基からナイフを返されたときにも悪かったと謝りはしたが、今日はあの夜よりも余程落ち着いているように見えたし、加えられた礼からも真心が伝わってくる。

ずっと考えていたと告げた青年は、彼曰く僕なりの結論に従って、現在の行動を取っているわけだ。その胸中を完全に知ることはできなくとも、あのとき勝たねば存在価値がなくなるとまで言った彼がいまは、そんな執着みたいなものからはすっかり解放されているのはわかった。

「おれもあなたに出会って目が覚めました。今日はあなたの歌が聴けてよかったです。またどこかで会いましょうね」

　右手を差し出して笑いかけると、青年は少し驚いたような顔をした。それから、彼もまた微笑んで智基の右手を握り、再度「ありがとう」と告げた。彼の手はあたたかく、かつ力強くて、確かにこのひとときに気持ちが通じあっているのだと感じ嬉しくなる。

　荷物を手にホワイエへ出ていくと、来場していた教員から賛辞を贈られた。頭を下げて礼を述べ、彼とも握手を交わす。

　そののち、きょろきょろと視線を左右に振って見つけた志乃に、早足で歩み寄った。美しい容姿のせいもあり相変わらずまわりから若干浮いてはいるものの、意図的なのかたまたまなのか半ば観葉植物の陰になっているから、いつもほどには目立っていない。

　昨夜、ひとが集まるホールの客席にひとり足を踏み入れるのはいやかもしれないと、断られる覚悟でそわそわ差し出したチケットを、志乃はあっさりと受け取ってくれた。のみならず、いまの智基の歌を聴けるのが楽しみだ、とも言ってくれた。

　彼の耳に、自分の歌声はどう聞こえただろう。

「志乃さん」

　広い背中に声をかけると、窓の外を眺めていた志乃が振り返り、智基を認めてひとつ頷いた。それから、どきどきと評を待つ智基に優しい声音でこう告げた。

「心が震えるような、素晴らしい歌だった」

志乃の感想はシンプルなものだった。それでも、だからこそ、胸の中に沁み渡った。

彼の心を震わせられるような歌を披露できたのであれば、これ以上嬉しいことはない。数字として表される結果よりも、感じたままを正直に声にする彼からの賛美のほうが、自分にとっては何倍も価値がある。

「ありがとうございました。志乃さんのおかげで音を楽しめました」

弾む声で礼を告げると、志乃は淡く笑って再度頷いた。その微かな笑みに深い感動と大きな満足感が湧く。

志乃は嘘をつかない男だから、口にする言葉も浮かべる表情も、彼の心中を偽りなく映し出すものだ。彼がこんなふうにやわらかな微笑みを浮かべてくれるのなら、いくらだって歌声を聴かせたい。そしてさらに音楽に寄り添った先の高みで、彼をもっと笑顔にさせられるような音を紡ぎたい。

ふたりそろってホワイエをあとにし駐車場へ向かいながら、今夜はなにかおいしいものを食べようなどと話をした。帰路にちょっとばかり贅沢《ぜいたく》なステーキ肉を買って、自宅の狭いキッチンで一緒に料理をする。

我ながらほどよく焼けたステーキと志乃が作ったサラダ、スープ皿のかわりにマグカップに入れたポタージュをテーブルに並べ、無事コンクールを終えた祝いの食事とした。向かいあって料理を口に運ぶ合間に、志乃の全国大会への見解を聞いたり、先日夜道で出会った青年との会話を伝えたりと、尽きない話をする。

そうしながらも、このまま朝が来なければいいのに、明日にならなければいいのに、と心のうちで密かに祈った。いま時を止めることができたなら、どんなにしあわせだろう。

明日は十二月一日、毎年志乃川の祭事が行われる日。つまり志乃が宮神山へ帰る日だ。

ひと晩寝たら彼とお別れなのか、そう思うと切なくて苦しくて、泣きそうになった。志乃とともにいるこのなにげない時間が楽しければ楽しいほど、明日のことを考えるとさみしくなる。

それでもなんとかその感情を心の奥底に押し込めて、努めて笑顔を作った。きっと、さほどうまくはいかなかった、というよりいくらかは正直な思いが露呈していただろう。

智基の普段通りとはいかない表情に気づいていないはずはなかったが、志乃はそれについてなにを問うこともなかった。いつでもなんでも質問してくる神様が、珍しくも場の空気を読んだのかもしれないなと、別離を憂う頭の端のほうでそんなことを考えた。

翌日の朝。窓の外に見える空は、綺麗に晴れ渡っていた。

志乃が焼いたトーストと智基が淹れたコーヒーをテーブルに置き、簡単な朝食にした。いつも通りふたりで食事を摂ったあとは、手分けして後片づけをする。

それから、そろそろ大学へ向かおうと重い鞄を手にしたところで、志乃にこう頼まれた。

「智基。もう一度、ともに宮神山へ行ってはくれないか」
志乃川に戻るから送り届けてほしいということなのだろう。彼が祭事の日取りなど忘れていればいいのに、なんて都合のいいことを考えていた自分を叱り、正午前には大学から帰ってくるから車を出すと約束した。今日は大会後の喉を休めるために午後のレッスンの予定は入れていないので、問題はない。

午前中の講義を受けているあいだは、心ここにあらずだった。ノートを広げていてもペンが動かない。

志乃を山から連れ帰った日、志乃と一緒に公園を散歩した日。志乃がはじめてひとりで食事の用意をしてくれた日、見知らぬ青年からナイフを向けられていたところに颯爽と現れ助けてくれた日。歌声の個性を肯定する言葉や、強い雨が降る山奥で目にした凛々《りり》しい龍の姿、それから身体を重ねた夜に知った彼の情熱だとか、たくさんの記憶が頭の中に蘇ってくる。

ひとの生活を教えるのと同時に、自分も志乃から多くのことを教わった。再訪した宮神山で彼から声をかけられていなければ、いまの自分はなかったと思う。

だからちゃんと笑顔でお礼とお別れを言うべきだ。そうわかってはいるのに、思考を裏切る感情があふれ出して、胸が締めつけられるように痛くなった。

それでも現実は受け入れねばならない。終わりが来る生活ならこんなに愛さなければよかったなどとは考えたくない。

いつか優しく充ち足りた気持ちで振り返れるよう、いまはごまかさずこの痛みと向きあおう。志乃と育んだ愛情を知ったからこそ感じる別れの切なさを受け入れようと、講師の話がちっとも入ってこない頭で自分に言い聞かせた。

講義終了後に急ぎ自宅へ戻り、ふたりで昼飯を食べてから予定通り車に乗り込んだ。志乃とこうして一緒にいられるのも最後、せめて楽しい時間にしたいのに、口を開けば湿っぽくなりそうでなかなかうまく話ができなかった。

「先日、智基とふたりで荒れる川を鎮めた際に知ったことがある」

志乃が唐突にそう切り出したのは、宮神山まであと少しとなった車中でのことだった。会話の弾まぬ密室でさみしさを隠すのに精一杯になっていたところに、不意の話題を振られたものだから、すぐには相槌も打てない。

「私と智基がともに願えば強い力が生まれる」

常とは違うだろう智基の態度には構わず志乃はそう言い、間を置かずに続けた。

「つまり、人間を愛おしむ自然の神と、自然に寄り添える人間とが思いを重ねれば、両者はともにあれるということだ。自然と人間は、よい形で共存できる」

「……はい。志乃さんがひとを助けるために動いてくれたの、嬉しかったです。おれが役に立てたのも、嬉しかった」

迫る別れへの痛みをのみ込みなんとか答えると、志乃は今度は少しのあいだ黙ってから、またもや唐突にこう言った。

「私は智基のそばにいたい。離れたくない」

急に話が変わったため、前方を睨んでいた目をつい瞬かせた。それから、あまりにストレートな彼の告白を一拍置いて理解し、心臓が大きく脈打った。

志乃は正直で素直な男だ。考えたこと、感じたことをそのまま口に出す。だから彼はいま、本気でそう思ってくれているのだろう。

これにもすぐには返事ができずにいると、志乃は静かながらもはっきりとした口調で言った。

「恋とはなにかを教えてくれた夜、智基もそう言っていた。私は嬉しかった」

確かに自分はあのとき同じベッドに横たわる志乃に、そばにいたい、離れたくないと囁いた。もちろん覚えている。眠っていると思ったから、言うべきではないわがままな願いを声にしたのだが、志乃は聞いていたらしい。

私は嬉しかった、そのひと言が胸に刺さる。息苦しくなるほど緊張しながら黙って続きを待っていると、志乃は次に智基への頼みを口にした。

「互いの望みが合致しているのなら、今後もともに日々を歩もう。そのために、智基の力を貸してはくれないか？」

口を開けぬまま、まずはひとつ頷いて返した。そののちに、今後もともに日々を歩もう、という志乃の言葉を頭の中で反芻し、目のくらむようなよろこびに襲われた。

ついいましがたまで心を占めていたさみしさや痛みのかわりに、熱いくらいの嬉しさが胸に湧きあがってくる。二十年ばかり生きてきた中で、こんな感激を味わったことがあるだろうか。

今日でお別れなのだと思っていた。離ればなれになる痛みを受け入れようと無理やり自分を納得させていた。

しかしもういいのか。志乃はこれからも自分と一緒にいてくれるのか。

「智基のそばで生きるために私は山を下りる。だが、その間志乃川を放っておくわけにはいかない。だから私が不在のあいだも自然とひととを守れるように、ふたりの力を志乃川に授けたいと考えている。智基、協力してくれないか？」

志乃の説明と再度の要求に、二度も三度も頷いた。この男は本気で、自分とともにあるための策を練っているらしい。そこまで強くふたりでいたいと願ってくれているのだ、と思ったら、勝手にじわりと涙が込みあげてきた。

嬉しい。どうしようもなく、嬉しい。

よろこびを噛みしめつつも滲んだ涙を左の拳《こぶし》で拭き、泣くなとおのれに言い聞かせた。ふたり分の命を乗せているのだ、涙で視界が歪んだからなんて理由で事故は起こせない。

深呼吸して自分を落ち着かせ、ハンドルを操作しながらようやく音にして答えた声は、それでも僅かばかり震えてしまった。

「……もちろん。志乃さんと一緒にいるために、おれにできることがあるなら、なんでもします」

心情を赤裸々に映す自分の声音を聞き、照れくささと、さらなる感動が湧いた。これからも志乃と一緒にいられるのだ。口に出したことでその実感がじわじわと全身に沁みていく。

志乃も自分と同じ望みを抱いてくれた。そして、志乃川を離れてでもともにいようと決意してくれた。そんな未来があるなんて考えてもいなかった。

いま自分は都合のいい夢を見ているわけではない。これは現実だ。この先も志乃とふたりで生きていける。

志乃は、智基が感じているよろこびをきちんと把握してくれたようで、ひどく優しく、また穏やかに「ありがとう」と告げた。そののち車窓に目をやり、どこか晴れ晴れとした口調で言う。

「ああ。宮神山が見えてきた。志乃川の川下に多くの人間がいる」

「……いい天気で、よかったです。お祭りですしね」

もう一度大きく息を吸い、吐いて、嬉しさに沸き立つ胸を静めてから話題を合わせた。志乃が言った通り、フロントガラス越しにも川辺に人々が集まっているのが認められる。祭事を執り行う準備をしているのか最中なのかまでは遠目でわからないものの、志乃川の川下は、過去には見たことのない数のひとで賑わっていた。

近くに寄って見学したい気持ちもあったが、志乃にはなにかしら考えがあるようだし、早く目的地についたほうがいいのだろうと山道の方向へハンドルを切った。いつも通り中腹まで登ってからふたりで車を降り、志乃に促され徒歩で渓流へ向かう。

冬の落ち葉で足場の悪い道を、時々志乃の手を借りつつ進んだ。さいわいにも雪はなく、先日のように雨も降ってはいないとはいえ、紅葉の時期にひとりで再訪したときより歩きづらく、つまずくたびにひやひやしてしまう。

ようやく、無事に志乃川渓流の川原に立ったときにはほっとした。子どものころに父親と何度も訪れ、長じて志乃と向かいあった川辺で、ほかにはひとのいない美しい風景を堪能する。強雨の中ここへとやってきた日には、まわりを見る余裕などなかったため、こうしてゆっくり景色を眺めるのはおよそ一か月ぶりだ。

十二月はじめの宮神山は、凛《りん》と澄んだ冬の空気に充ちていて、実に心地よかった。雲ひとつない青空の下、常緑樹の緑が目に眩しい。

「もう少し登る。智基、ついてきてくれ」

午後の陽を受けてきらめく川の流れに見蕩れていたら、後ろからそう声をかけられた。慌てて振り返ると、川上へ続く方向を指さしている志乃の姿が目に入る。

「……獣道すらないですね。おれに登れるんでしょうか」

彼の示す先にある道とはいえない木の隙間に若干怯みながら答えたら、優しく右手を握られた。そのまま歩き出した彼に「私が助けよう」と告げられ、手を引かれるに任せ川辺を離れる。

おっかなびっくり足を踏み入れた木々の中は、無数の葉に陽の光が半ば遮られ、いくらか薄暗かった。地を這う木の根や落ち葉に足を取られては志乃の腕に支えられつつ、必死になって急な斜面を上へと進む。

できることがあるならなんでもすると言った以上、これくらいで音を上げはしない。とはいえ、せめてもう少し適した靴や服を身につけているときに登山を楽しみたかった。

「人間にとっては川をさかのぼるより、地を歩くほうが簡単かと思ったのだが、そういうものでもないのか。すまなかった。無理そうならば言ってくれ、川原に戻って別の方法を考える」

悪戦苦闘している智基を見かねたのか、細かい木の枝や葉を払いながら志乃がそう言った。息を切らしてもいない彼の隣でぜいぜい喘いでいるのも情けないが、こんな場所は歩いたこともないのだからしかたがないだろう。

「無理じゃ、ないです。おれ、体力だけは、あるんで。川上に向かって、泳ぐより、ましですよ」

跳ねる呼吸の合間に返したら、気づかわしげな眼差しで見つめられた。心配されているらしい。大丈夫だと伝えるために頷いてみせ、さらに「行きましょう」と促すと、志乃もまた頷いて視線を前に戻した。

それからはふたりともほとんど無言で、道もない山を登った。志乃がようやく足を止めるまでにどれほどの時間がかかったのか、はじめての経験に四苦八苦していたせいで正確なところはわからない。長く歩いていたような気もするが、夕刻の気配はまだまだ遠いので、体感ほどときはすぎていないのだろう。

志乃に導かれて辿りついた目的地は、木の生い茂る中にある川岸だった。いつも見ていた志乃川より若干細く、流れが早い川のまわりには、ごろごろと大きな石が転がっている。

　幾度も訪れた川原とはまったく様相は異なるものの、はじめて立ったその地も、密集する木々の中でほんの僅かばかり開けていた。そのため、吸い込まれてしまいそうなまでに澄んだ川と、それに近い川岸だけがまばゆい陽に照らされており、ひどく神秘的な印象を受ける。

「すごい……。とても綺麗です。こんなところがあるなんて、知りませんでした」

「志乃川上流だ。私たちが出会った渓流より源に近い」

　足の疲れも忘れて目の前の景色に見入っていると、隣に立つ志乃にそう説明された。それから彼は右手を伸ばし、さらに川上の方向を指さした。

「そちらに大きな岩があるだろう。私は彼を瑠璃《るり》と呼んでいる。今日のように晴れている日には、太陽の光を受けて瑠璃色に、美しくきらめく。智基にはどう見える？」

　志乃の指と言葉につられて目を向けた先には、川の水に触れるか触れないかといった位置に大きな岩が鎮座していた。ひとの身長より高さがあり横幅も同じほどで、尖った部分とへこんだ部分が組みあわさった複雑な形をしている。

　岩の表面は、巨大な龍の胴みたいに鱗状だった。しかし、嵩が増せば水面に隠れそうなあたりは少しくぼんでいて、岩肌もなめらかだ。おそらくは、志乃川とともにずっとここにあり、時間をかけてその部分だけ水に削られてきたのだろう。

　眩しい陽に照らされている岩は、志乃が言った通り、光を跳ね返し微かにきらめいているように見えた。どういった成分が含まれているのかはわからないが、確かに青色のような藍色のような美しい色合いをしている。

「本当だ。青くきらきらしてますね。大きくて強そうで、格好いい。それと、畏れを覚えるというか、神聖なものって感じがします」

　思ったままを口にすると、志乃はどこか満足そうに「そうだろう」と言い、岩に視線を向けたまま続けた。

「私は、はるかむかし、何千年も前から瑠璃と語りあってきた。だから彼になら任せられる」

　志乃の発言は少々難しかった。任せられる、とはなんだ？　意味がわからずについ首を傾げると、志乃は智基に目を移して説明した。

「瑠璃に私の力を授けると同時に、智基の力も宿らせる。そして私が留守にする期間、志乃川を瑠璃に預ける。彼を私と智基の分身にするということだ」

「分身？」

「そうだ。瑠璃にふたりで力を分け与え、自然と人間の両者を助けるものとする。人間は依代《よりしろ》、磐座《いわくら》などと呼ぶのかもしれないが、私たちにとっては分身のようなものだろう。わかるか？」

　すぐには頷けず、志乃の言い分を頭の中で整理しようと試みた。神様だとか信仰だとかについて、そう難しく考えたことがないため、依代だの磐座だのとなじみのない単語を聞かされてもよくわからない。

しかし、分身というのは少し理解できる気がした。

「ええと。昔なじみの岩にいっとき神様の力を分けて、志乃さんのかわりをしてもらうってことですか。そこに、一緒におれの力も分けると？」

思考の絡まりを解きながら訊ねると、志乃は「そうだ」と答えてから、嚙み砕いた表現で説明を加えた。

「私だけの力でも、智基だけの力でも、自然と人間の架け橋にはなれない。強雨の中ここを訪れた日のように、ふたりの力を合わせる必要がある。だから、ふたり分の力を瑠璃に分け与えたい」

「……難しそう。おれはなにをすれば？」

「あの日同様、智基の祈りと歌を瑠璃に捧げてほしい。智基の声であれば自然は聞き入れる」

智基の問いに志乃はまずそう返し、そののちに、これもわかりやすい言い回しで続けた。

「そして、ふたり分の力を得た瑠璃に、私が志乃川を不在とするあいだ、川と人間を見守り助けるという役目を担ってもらおうと思う。ほかのものでは難色を示すかもしれないが、何千年もともにいた彼であれば引き受けてくれるだろう」

そこまで聞いてから、車中でも志乃は似たようなことを口にしていたなと思い出した。確か、私が不在のあいだも自然とひとを守れるようにふたりの力を志乃川に授けたい、と彼は告げたのだ。そして、協力してくれと智基に頼んだ。

これから先も志乃と一緒にいられるという嬉しさで胸がいっぱいになり、詳しく問うのを忘れていたが、ようやく意味がわかってきた。

「つまり、志乃川にふたりの分身を作って留守番させるってことですよね？」

平たい表現で確認すると志乃はひとつ頷いて肯定を示した。一度八条川の方向を見たのちに、智基に視線を戻して言う。

「八条をはじめとする自然を司る神では、人間のために動くことはない。だから、私と智基の力と意思を瑠璃に預けよう。川と人間がともにあるために」

志乃の言葉は頼もしく、また嬉しいものだった。志乃川の神様はいま、川と人間がともにあることを望んでいる。それだけ彼は人間を愛し重んじてくれているのだ。改めてその事実を嚙みしめつつ、志乃を見つめて力強く答える。

「わかりました。やりましょう。いまのおれの全力を尽くします」

智基の返答に、志乃は淡く微笑んで再度頷いた。それから岩に眼差しを向けてこう告げる。

「では智基。祈ってくれ。そして、この山で私に、志乃川に聴かせてくれた曲を、瑠璃にも届くよう今一度歌ってくれ」

「はい。精一杯頑張って、とびきりいい歌を届けますね」

志乃と同じく瑠璃色の岩に目を向けて返事をし、何回か深呼吸をくり返してから瞼を伏せた。智基らしく、優しくあれ、きっとそんな思いで作られたのだろう父親から贈られた一曲を、心を込めて歌う。

強雨の中で志乃川に向かい必死に音を紡いだときには、落ち着きを取り戻してくれ、そして志乃の思いを受け入れてくれと願っていた。ならばいまはなんと祈るべきか。思案せずとも、それは自ずとわかった。

ともにあろう。

自然と人間、両者が助けあいともにあれるよう努めよう。志乃と自分が情を分かちあえたように、川とひとも同じ場、同じ時を生きられるはずだ。

志乃の気配が遠のいていたことに気づいたのは、川の流れとは異なる水音が耳に届いてからだった。聞いてくれ、気持ちを受け取ってくれと念じつつ歌っているうちに、周囲の様子を感じ取れなくなるほど知らず夢中になっていたらしい。

優しい旋律を声にしながらもそっと瞼を上げると、岩の前で頭をもたげている龍の姿が目に入った。志乃だ。

はっきりとこの目で龍を見るのは、もう何度目になるだろう。はじめて言葉を交わしたとき、暴れる川を鎮めたとき、いずれの場面でも美しい龍に畏怖の念を抱いた。

しかしいまは、過去とは違うもっとやわらかな感情が胸に広がっているのがわかった。

神様の姿を前にすれば畏れは湧く。当然その感覚は同じだ。だが、志乃川の源に近いこの川岸で感じているのは、畏れの中にも確かに存在している、愛おしさだ。

水の音とともに智基の歌声が流れる川で、志乃は瑠璃と呼ぶ岩と向かいあい、なにかを語りかけている様子だった。その内容まではわからないものの、頭の中に微かに届く龍の声は、穏やかな祝詞みたいにあたたかく心を充たした。

古くからの親友のような彼らの姿を眺めながら歌うのは、快いものだった。見ている自分まで優しい心持ちになる。

目に映る景色が不意に変化したのは、大切な曲を幾度かくり返し歌ったあとの、僅かな間のことだった。志乃の前にある大きな岩が、突然、強い光を放ったのだ。

「うわ……！」

想定していなかった光景とその眩しさに、思わずぎゅっと目を瞑る。それでも光は遮れず、瞼の裏まで赤く照らされた。とてもではないが目を開けることなんてできないし、歌い続けるのも無理がある。

しばらくのあいだそうして光を感じながら息を詰めていると、知らない声のような、音のようなものが聞こえてきて、次にふっと空気が変わるのを感じた。瞼の裏がいつもの色に戻るのを待ちおそるおそる目を開けたら、志乃はすでにひとの姿となり川の縁に立っていた。

常と変わらぬ様子の彼を認めてまずは安堵し、次に、光を発していた岩はどうなったのだと慌てて川上に視線を移す。その先では、大きな岩がいままでとは較べものにならないほどにまばゆく、青く輝いていた。

それはひどく神々しい姿だった。川の色、木々の色、空の色、まわりを囲むあらゆる自然に優しくなじみつつも、まるですべてを掌握するかのような、堂々としたありようだ。

「……志乃さんみたい」

ついぽつりと感じたままを零したら、それまで智基に背を向け岩を眺めていた志乃が振り返り、こう言った。

「私はいまの瑠璃に、智基の歌のような優しさと、落ち着きを感じる」

「優しさと落ち着き、ですか。ああ……確かに、おれの歌みたいかはわかりませんけど、見てると気持ちが穏やかになりますね」

「まさしく、私たちの分身だろう?」

志乃が加えたひと言に感動のようなものが込みあげてきた。志乃川の上流に鎮座する瑠璃という名の岩に、ふたりの力を無事宿せたのだと実感する。

人間を愛おしむ自然の神と、自然に寄り添える人間とが思いを重ねれば、両者はともにあれるということだ。輝く岩を前にして、往路の車中で志乃が発したそんな言葉が蘇った。

――自然と人間は、よい形で共存できる。

もしそれが叶うのならば、当然嬉しい。そしてなにより、ずっと人間嫌いだった川の神様が、ほかの誰でもない志乃がそう願ってくれるようになったことが、嬉しかった。

そののちは無言で、長いあいだ志乃とともに輝く岩を見つめていた。美しい瑠璃色のきらめきに、彼にならば志乃川を任せられるという安心感が湧いてくる。きっと志乃も同じように感じているのだろう。

それから志乃はふと空に目を向け、「戻ろう」と智基に声をかけた。

「夕刻が近づいてくる。智基にとっては暗い中山を下るのは大変なのではないか」

「わ。それは遠慮したいです。戻りましょう」

来る道での苦労を思い出し、焦りもあらわな声で答えた。慌てて志乃の手を引っ摑み、木々の隙間に足を踏み入れると、その様子が面白かったのか志乃がくすりと笑うのが聞こえてきた。

驚いた。幾度か微笑みを見たことはあるが、それすらも貴重なもので、志乃がこんなふうに声にして笑ったのははじめてだ。

志乃川渓流の川辺をひとりで訪れた日、龍の姿で目の前に立ちあらわれた彼に恐怖を感じた。しかし、いまのこの男はずいぶんとやわらかく優しくなったと思う。

自分と一緒にすごした時間が彼にとって、穏やかで、楽しく、大事なものになっているといい。だからこそ笑ってくれるようになったのなら、あのとき彼を自宅へ連れ帰ろうと判断してよかったと、当時の自分を振り返り褒めてやりたくなった。

志乃の腕に縋って一歩ずつ山を下りながら、この先の暮らしに思いをはせ、決意を新たにする。何千年もともにいた川の神様と瑠璃のように、自分もずっと志乃のそばにいて、もっと心を通わせよう。いつかの公園で花を愛でていた仲睦まじい老夫婦みたいに、命果てるまで彼と一緒にいよう。

志乃と出会い、狭い部屋でふたり暮らしたこの一か月と少しは、その第一歩だ。

志乃に助けられつつようやくいつもの川原についたころには、両脚がぎしぎしと軋《きし》んでいた。山道というのは登るより下るほうがきついのだと聞いたことはあったが、先人たちの教えは正確であるようだ。

とはいえ、往路同様やはり体感ほど時間はたっていないのだろう。上流の川岸で志乃が言った通り夕暮れの気配が近づいてはいるものの、まだ空は昼間の明るさを保っている。

気づけば服も、靴も汚れていた。志乃が都度手を差しのべてくれはしたが、木々の中で何度も地に膝をついたのだから当然だ。

それでも、痛む足や汚れた服とは真逆に、心は穏やかに澄み渡っていた。志乃とともに力を分け与えた神々しい岩の姿を思い起こすと、誇らしさも感じる。

できること、やるべきことはなした。いま時点で心配する要素はないだろう。今後、志乃川に氾濫の危機が訪れたときには、上流に鎮座する瑠璃が自然も人間も守ってくれるはずだ。彼はそう信じるに足る頼もしい輝きをまとっていた。

「智基。このまま山の下へ戻るか？」

服についた木の葉を払っていると、志乃にそう訊ねられたので、少し考えてから首を横に振った。

不思議そうに見つめてくる彼に、心のうちを素直に告げる。

「もうちょっとだけここにいたいです。志乃さんと出会えた、運命の場所だから」

智基の返答に、志乃は幾度か目を瞬かせた。はじめて使った、運命、という単語に驚いたのかもしれない。

それから彼はゆっくりとした足取りで歩み寄ってきて、智基の髪をそっと撫でた。その仕草はどんな言葉よりも雄弁だった。彼がいま自分に対して抱いている優しくも熱い思いが、てのひらから直接胸の中に流れ込んでくるようで、よろこびが小さな吐息になって洩れる。

やわらかな草が生えている場所を選んで尻をつくと、智基が求める前に志乃も同様に腰を下ろした。背中合わせに座り、川音を聞きながら綺麗な空を眺める。

服越しに感じる志乃の体温に、かつてないくらいの愛おしさが込みあげてきて、泣きそうになった。ふたりで日々をすごし、ふたりで力を合わせ、いまふたりきりでここにいる。こんなにしあわせな一瞬、なかなか味わえるものではないだろう。

「智基。歌を聴かせてくれないか」

幸福なときを嚙みしめていると不意に志乃から声をかけられたので、「はい」と短く応じ、川辺の空気で胸を充たすように息を吸った。いま必要なのは歌だ。乞われずとも、自分もそう感じた。

美しい冬の景色を目に映しながら、ふたりを引きあわせてくれた大事な曲を声にした。志乃は礼や称賛は口にせず黙っていたが、ぴったりと接する背中から、彼が感じている安堵や愛情が伝わってくるようだった。

歌があってよかったと、改めて音楽に感謝した。

自分だけが持つこの声を快い、好きだと言ってくれるのならば、これから先なにがあろうと志乃のそばにいて歌を聴かせよう。そして、ふたりで歩む時間を、ともに見る光景や味わう経験を、ひとつずつ大切に心に刻んでいこう。

あとがき

こんにちは。真式《ましき》マキです。

拙作をお手に取ってくださり、ありがとうございます。

今回は、川の神様とひとの関わりについてお話にしてみました。

自然を司る神、というどこかふわっとした概念に対して、皆様の中にはどんなイメージがあるだろう、最大公約数はこのあたりかなと探りつつ書きました。

日本の神様ってこんなところありそうだよねえ、こういう神様がいても不思議ではないよねえ、なんて感じていただけましたら、とても嬉しいです！

川の神様と音大生の智基《ともき》が、ちょっとずつお互いの存在への理解を深め心を通わせていく、優しくてあたたかいお話になっているといいのですが、どうだったでしょうか。

一冊の本としてはここでおしまいですけれど、この先ふたりが仲よく、たまには可愛《かわい》い喧嘩などをしながらも、楽しく暮らしていってくれるといいなと思います。

そして、どうしても避けられない問題については、ともにしあわせを噛みしめられる回答を見つけ出してくれるよう願います。

カバーや口絵、挿絵を担当してくださいましたれの子《こ》先生、このたびは素敵なイラストをありがとうございました！　志乃《しの》も智基も、文字だけでは表せない魅力がたっぷり詰まっていて、まさに私はこの格好いい姿を書きたかったのだ！　と感激しました。お忙しい中、本当にありがとうございます。

また、担当編集様、いつも丁寧なご指導をいただきまして、ありがとうございます。ご迷惑をおかけしてばかりですが、今後ともよろしくお願いいたします。

最後に、ここまでお目を通してくださいました皆様へ、心よりの感謝を申しあげます。よろしければ、ご意見、ご感想などお聞かせいただけますとさいわいです。

それでは失礼いたします。

またお目にかかれますように。

真式マキ

LYNX ROMANCE

イラストレーター募集

リンクスロマンスでは、イラストレーターを随時募集いたします。

リンクスロマンスから任意の作品を選び、作品に合わせた
模写ではないオリジナルのイラスト（下記各1点以上）を描いてご応募ください。
モノクロイラストは、新書の挿絵箇所以外でも構いませんので、
好きなシーンを選んで描いてください。

1 表紙用 カラーイラスト

2 モノクロイラスト（人物全身・背景の入ったもの）

3 モノクロイラスト（人物アップ）

4 モノクロイラスト（キス・Hシーン）

募集要項

＜応募資格＞

年齢・性別・プロ・アマ問いません。

＜原稿のサイズおよび形式＞

◆Ａ４またはＢ４サイズの市販の原稿用紙を使用してください。
◆データ原稿の場合は、Photoshop（Ver.5.0 以降）形式でＣＤ－Ｒに保存し、出力見本をつけてご応募ください。

＜応募上の注意＞

◆応募イラストの元としたリンクスロマンスのタイトル、あなたの住所、氏名、ペンネーム、年齢、電話番号、メールアドレス、投稿歴、受賞歴を記載した紙を添付してください（書式自由）。
◆作品返却を希望する場合は、応募封筒の表に「返却希望」と明記し、返却希望先の住所・氏名を記入して返送分の切手を貼った返信用封筒を同封してください。

＜採用のお知らせ＞

◆採用の場合のみ、６カ月以内に編集部よりご連絡いたします。
◆選考に関するお電話やメールでのお問い合わせはご遠慮ください。

宛先

〒151-0051 東京都渋谷区千駄ヶ谷４−９−７
株式会社　幻冬舎コミックス
「リンクスロマンス　イラストレーター募集」係

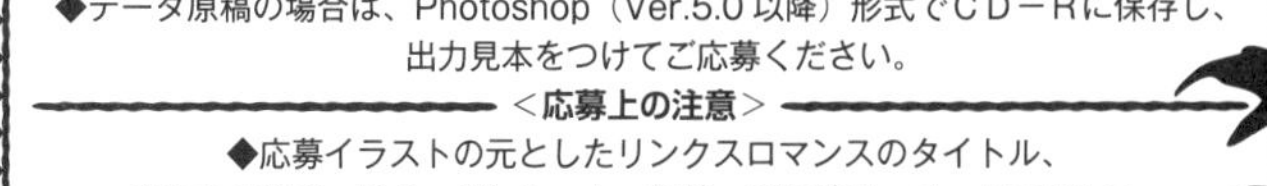

この本を読んでの
ご意見・ご感想を
お寄せ下さい。

〒151-0051
東京都渋谷区千駄ヶ谷4-9-7
(株)幻冬舎コミックス　リンクス編集部
「真式《ましき》マキ先生」係／「れの子《こ》先生」係

リンクス ロマンス

やさしい龍は歌を知る

2023年8月31日　第1刷発行

著者……………真式《ましき》マキ
発行人…………石原正康
発行元…………株式会社　幻冬舎コミックス
〒151-0051　東京都渋谷区千駄ヶ谷4-9-7
TEL 03-5411-6431（編集）
発売元…………株式会社　幻冬舎
〒151-0051　東京都渋谷区千駄ヶ谷4-9-7
TEL 03-5411-6222（営業）
振替00120-8-767643
印刷・製本所…株式会社　光邦
検印廃止

ISBN978-4-344-85283-9 C0293
Printed in Japan

幻冬舎コミックスホームページ　https://www.gentosha-comics.net